저는 부모님을
요양병원에
모시려고 합니다

저는 부모님을 요양병원에 모시려고 합니다

초판 1쇄 인쇄 2022년 10월 30일
초판 1쇄 발행 2022년 11월 10일

지은이 김영맘

펴낸이 우세웅
책임편집 김은지
기획편집 김휘연 정보경
콘텐츠기획·홍보 전다솔
북디자인 이유진

종이 페이퍼프라이스㈜
인쇄 동양인쇄주식회사

펴낸곳 슬로디미디어그룹
신고번호 제25100-2017-000035호
신고년월일 2017년 6월 13일
주소 서울특별시 마포구 월드컵북로 400, 상암동 서울산업진흥원(문화콘텐츠센터)5층 22호

전화 02)493-7780 | **팩스** 0303)3442-7780
전자우편 slody925@gmail.com(원고투고·사업제휴)
홈페이지 slodymedia.modoo.at | **블로그** slodymedia.xyz
페이스북·인스타그램 slodymedia

ISBN 979-11-6785-090-4 (03810)

저는 부모님을 요양병원에 모시려고 합니다

요양병원 한의사가 10년간 환자의 생로병사를 지켜본 삶의 기록!

김영맘 지음

설렘

프롤로그

요양병원에서의 삶은 어때요?

지인들이 저에게 호기심 반, 두려움 반의 눈빛으로 하는 질문입니다. 그 지인이 2050세대라면 호기심의 마음이 조금 더 크게 느껴지고, 6080세대라면 두려움의 마음이 조금 더 크게 느껴집니다. 간혹 요양병원의 열악한 환경을 고발하는 뉴스를 보고는 "나는 늙고 병들어도 절대 요양병원에 가지 않겠다."라며 애써 피하는 분도 계십니다. 그러나 이러한 호기심과 두려움, 회피하려는 마음은 아직 요양병원이라는 미지의 공간에 가보지 않았기 때문입니다.

요양병원은 누군가에게 호기심의 대상이거나, 상상하기도 싫은 두려운 미래의 공간이지만, 그곳의 환자분들에게는 오늘을 살아가는 치열한 삶의 현장입니다. 그리고 저는 매일 그분들과 함께 현장을 누비는 요양병원 근무 10년 차 한의사입니다.

10년 전, 30대였던 젊은 청년은 요양병원에서 진료를 시작하면서 처음으로 인간의 노후를 직면하게 됩니다. 그간 의료봉사와 한의원에서 근무하며 연세가 있는 환자분들을 많이 만난 터였습니다. 그러나 그분들은 걸어오거나 차를 타고 와서 자신의 상태를 말로 설명하고, 진료받기 위해 몸을 움직일 수 있는 능력이 있는 분들이었습니다. 엄밀히 말해, 연배가 있는 청년들이셨죠. 저는 진정한 노후란, 이러한 시절이 끝나고, 누군가의 도움 없이는 일상생활이 힘든 시기부터 임종 직전까지의 기간이라고 생각합니다. 바로 이 책에서 함께 이야기 나누고 싶은 요양병원에서의 시간입니다.

새파란 청년이 마주한 노년의 삶은 이제껏 한 번도 생각해 본 적 없던 철학적 질문들을 마구 던졌습니다. 요양병원 한의사로 살아온 지난 10년은 저에게 생계를 위한 이력이자, 그 질문에 대한 해답을 찾는 인생 수련의 과정이었습니다. 그리고 동고동락한 노년의 환자분들은 기꺼이 그 수련 과정의 친구이며 스승이 되어 주셨습니다. 한 젊은 한의사가 생로병사生老病師, 요양병원에서 살아가는 늙고 병든 선생님께 얻은 배움과 깨달음의 선물은 미래의 노인이 될 그를 좀 더 단단히 준비시킬 것입니다.

제1장 '生老病師와 함께한 일상'은 요양병원에서 노인 환자분들을 진료하며 나눈 대화와 저의 짧은 단상을 쓴 일기입니다. 인생 선배들께서 젊은 친구에게 들려주신 삶과 늙음, 병듦에 관한 가르침을 적었습니다. 늙음과 병듦 너머에도 삶에 대한 희망과 의지를 가진 아름다운 인간의 이야기가 있으며, 요양병원을 향한 불편하고 두려운 시선을 보내는 분들께 이곳 역시 희로애락을 느끼고 사는 삶의 한 공간임을 알리고 싶습니다.

제2장 '生老病死에 대한 고찰'은 요양병원이라는 공간에서 노인의 생로병사를 보며 느낀 더 나은 노후에 관한 고민을 담은 이야기입니다. 저마다의 예측 불가한 인생사에서 단 한 가지 공통점이자 불가피한 진실은 '우리는 모두 언젠가 노후를 맞이하고 죽는다'라는 것입니다. 노인의 삶에 투영된 우리 사회의 모습을 관찰하며, 요양병원 한의사로 마주한 생로병사生老病死를 통해 저의 노후를 준비하는 마음으로 미래의 시간을 예습했습니다.

제3장 '가정 돌봄과 시설 돌봄'은 한 가정의 딸이자 며느리로서 경험한 가정 간병과 요양병원 한의사로서 경험한 시설 간

병에 관한 이야기입니다. '편찮으신 부모님을 모시는 도리를 다하기 위해 가정 간병을 선택할 것인가, 시설 간병을 선택할 것인가'라는 경험자이자 종사자로서의 고민 그리고 미래의 어느 날, 내가 노인이 되어 누군가의 도움이 필요할 때 나와 가족을 위해 어떤 결정을 내려야 할지에 관한 고민과 갈등을 담았습니다.

삶生과 늙음老, 병病과 죽음死으로써 가르쳐주신 생로병사生老病師의 인생 이야기가 노후를 준비하시는 독자분들께 작은 도움이 되길 바랍니다.

김영맘

★ 일러두기

이 책의 등장인물은 모두 가명 혹은 별명으로 호칭하였습니다.

목차

제2장

生老病死에 관한 고찰

제3장

가정 돌봄과 시설 돌봄

제1장

生老病師와 함께한 일상

생존자

영맘 으악! 눈가에 주름이 또 생겼네. 나 정말 늙기 싫어.

남편 그래? 늙지 않는 방법은 딱 한 가지밖에 없어.

영맘 그게 뭔데? 대체 그 방법이 뭐요?

남편 젊을 때 죽는 것.

나는 남편의 대답을 듣고 1초 만에 '반드시 늙고 또 늙을 것이다!'라고 생각을 고쳐먹었다. 몇 해 전, 의대생에서 예수회 사제가 되신 서명원 신부님의 인터뷰를 인상 깊게 읽었다.[1] 신부님은 의대 졸업반 때 퀘벡병원의 해부학실에서 수많은 죽음을 목도한 후 사제의 길을 걷게 되신 분으로, 인터뷰를 통해 수도자로서 성찰한 죽음과 삶의 의미, 존재 이유를 밝히고 죽음을 직시하라고 조언하셨다. 죽은 자를 만난 경험을 통해 수도자의 길을 걷게 된 신부님의 경지를 가늠할 수는 없지만, 나 역시 매일 늙음과 병듦을 관찰하는 직업인으로서 인간의 생로병사에 대해 늘 생각해왔기에 신부님의 말씀에 크게 공감하였다.

아무리 가까이에서 늙음과 병듦, 죽음을 관찰해도 아직은 노년의 삶이 제삼자의 일처럼 느껴진다. 다만, 영원히 늙지 않을 수 없다는 것을 확신하고 젊은 날을 조금 더 의미 있게 살아야 한다는 것과 늙고 병들고 죽음을 맞이하는 과정에는 반드시 준비가 필요하다는 것을 깨닫는다. 나는 요양병원에서 늙음을 관찰하며 한 가지 결론을 얻었다. 늙는다는 건 젊은 날을 살아냈다는 증거라는 것이다. 죽지 않고 살아남았기에 젊은 시절을 보내고 오늘날까지 늙을 수 있는 것이다.

다리가 불편해서 늘 휠체어에 앉아 계신 할아버지는 젊은 시절 강제 징용되어 일본으로 끌려가셨다가 함께 간 사람 중 유일하게 살아남으신 그 옛날을 회상하신다. 또, 다섯 남매를 낳아 기르고 농사짓고 살림하느라 허리가 굽어 침상에 제대로 눕지 못하시는 할머니는 한국 전쟁의 포화 속에서 아이들을 업고 안고 피난길에 나섰던 그 옛날을 회상하신다. 나는 이런 어르신들의, 산 위로 뛰어올라가 나무 기둥에 매달려 사라호 태풍1959년에서 목숨을 건진 일화, 콜레라와 장티푸스에 걸려 생사를 넘나

들었던 일화를 들을 때마다 내가 마주하는 환자복 속 앙상한 노구에 감춰진 백절불굴의 생명력과 삶에 대한 의지에 경외감을 느낀다.

요양병원의 어르신들은 보릿고개와 일제 강점기, 한국 전쟁을 버텨내고, 수많은 자연재해와 사건 사고, 질병을 극복하며 지금까지 살아남은 생존자들이다. 비록 현재 몸은 늙고 정신은 흐릿해져 침상 밖으로 한 발짝도 내딛지 못하지만, 험난한 삶의 길을 쉬지 않고 걸어온 강인한 사람들이다. 인생을 전쟁에 비유하자면 끝까지 살아남은 백전노장인 것이다. 노병은 죽지 않고, 다만 오늘도 요양병원에서 살아가고 있다. "어찌어찌 살다 보니 벌써 이 나이가 되었네."라고 덤덤히 말씀하시지만, 어르신들은 젊은 날 자신을 지키고 또 사랑하는 사람들을 지키기 위하여 죽음이 아닌 치열한 삶의 길을 걸어오셨다.

나 역시 늦둥이로 첫 아이를 낳은 후, 삶에 대한 집착이 더욱 강해졌다. 어린 자식이 장성할 때까지 살고 또 살겠다는 의지이다. 친할머니와 외할머니가 돌아가셨을 때, 환갑에 가까웠던 부모님은 갑자기 엄마 잃은 아이가 되어 한동안 일상생활을 제대로 하지 못하셨다. 나이가 지긋해진 자식에게도 엄마의 부재는 받아들이기 힘든 고통인데 하물며 어린아이에게는 얼마나 큰 비극일까. 행복한 성장을 위협하는 엄청난 비극일 것이다. 그러므로 나는 기필코 오래 생존하여 자식이 이 엄마의 죽음에 의연할 수 있을 때까지 늙고 또 늙을 것이다.

아가야! 늙음은 너를 오랫동안 사랑하고 싶은 엄마의 노력이란다.

애기 엄마

10년간 요양병원에서 근무하며 가장 행복했던 시간을 꼽으라면, 아이를 품었던 열 달의 기간이다. 많은 사람이 마흔 살 임산부의 노산을 걱정하였다. 허리를 굽혔다 펴는 일의 연속인 한의사의 노동과 예민하고 고통스러운 입덧을 안쓰러워했다. 하지만 나는 임신 초기, 입덧으로 축 늘어져 있다가도 회진만 하러 가면 희한하게 힘이 났다. 밥을 못 먹어 위장이 꼬이고 기운이 없는데도 환자 얼굴만 보면 생글생글 미소가 지어졌다. 체질상 요양병원의 한의사가 맞나 보다 생각했다.

입덧이 끝나고 태동의 시기가 왔다. 유산한 적이 있어서 산부인과 정기검진 때마다 초음파 모니터를 똑바로 보지 못했다. 쿵쿵. 아이의 힘찬 심장 소리를 들은 후에야 겨우 실눈을 뜨고 안도의 한숨을 쉬었다.

어느 날, 작은 생명의 생존을 가슴 졸이며 걱정하던 엄마에게 아기가 똑똑똑 아랫배를 노크하며 수줍게 첫인사를 건넸다. 배가 조금씩 불러올수록 아기는 넓어진 놀이 공간에서 슈웅슈웅 헤엄치며 자신의 건재를 알렸다. 그러다가 회진 시간만 되면 얌전해졌다. "엄마는 나를 신경 쓰지 말고 일 열심히 해요."라는 말이 탯줄을 타고 귀에 들리는 듯하였다.

시간이 흘러 만삭이 되자, 병동의 할머니들 모두 내 임신 사실을 알게 되셨다. 내가 병실에 들어서면 모두 함박웃음으로 반겨주셨고, 아픔으로 고통스러운 얼굴을 하고 계시다가도 나만 보면 아니, 내 배만 보면 싱글벙글하셨다. 문을 열고 쑥 들어오는 만삭의 배는 할머니들 기억의 방아쇠가 되어 그 옛날 자신들의 출산과 육아 이야기를 소환하였다.

할머니 1 나는 육 남매 낳았어. 낮에는 논일하고 밤에는 길쌈 매고 그랬지. 만삭일 때 베틀에 앉으면 남산만 한 배에 베틀이 툭툭 부딪혔지. 아이 여섯을 다 길쌈하다가 낳았어.

할머니 2 한밤중에 첫딸을 낳고 다음 날 아침에 시아버지 밥상을 차렸어요. 그리고 바로 밭일하러 나갔지. 딸 낳았다고 미역국도 못 얻어먹고 참 서운하더라고. 이듬해 아들 낳고 미역국 겨우 먹었죠.

할머니 3 우리 배불뚝이 선생님 오셨네. 요놈은 아들인가, 딸인가? 아들도 있고 딸도 있어야 해. 아들은 돈 벌어 내 병원비 내주고, 딸은 보고 싶을 때마다 선물 사서 찾아와. 아들은 든든해서 좋고 딸은 잔정이 많지. 이번에 낳고 다음에 또 낳아요.

할머니 4 없는 살림에 오 남매 키우느라 힘들었어도 젊을 때가 좋았어. 쪼그려 앉아 논밭 매고 살림하느라 지금 내 무릎이 이렇게 아파. 그래도 짱짱한 다리로 걸어 다니고 영감님 살아계시고 애들이랑 옹기종기 살던 그때가 참 좋았어.

할머니 5 나는 임신해서 배불러서도 담배 농사지었다니까요. 담배 농사가 다른 농사보다 힘이 들어도 돈벌이가 좋았지. 애들이 매번 1등하고 공부를 잘해서 힘든 줄도 모르고 신나게 일했어요.

할머니들이 들려주신 출산 육아 무용담은 이 밖에도 많고 많지만, 언뜻 생각나는 사연만 적어보았다. 예비역에게 군대 이야기가 있다면, 엄마들에게는 출산과 육아 이야기가 있다. 제일 고생했던 시간이 인생의 스토리로 남은 것이다. 내 아기는 배 속에 있을 때부터 이름 모를 할머니들께 기쁨을 선물했다. 세월 속에 잊힌 엄마로서의 기억을 되찾아주고, 애기 엄마로 살던 젊은 날로 시간 여행을 보내드렸다.

아기는 나에게 엄마라는 이름도 선물했다. 아기에게 "엄마"라는 부름을 처음 들었던 날의 감격은 이루 말할 수가 없다. 그러나 육아는 기쁨이 큰 만큼 피로감도 컸다. 아이를 낳고 키우는 엄마의 일에는 엄청난 노력이 필요했다. 나는 이 과정을 통해 세상 사람 모두 누군가의 희생과 사랑으로 성장하여 살아가는 소중한 존재라는 것을 새삼 깨달았다.

자식이 장성하면 그만큼 엄마는 늙는다. 요양병원의 늙고 병든 엄마들은 여전히 자나깨나 자식 생각뿐이다. 낯선 병원에 입원했다는 불평보다 자식들에게 병원비가 부담될까 걱정하는 모습을 많이 보았다. 또, 엄마가 쓸데없이 오래 살아 자식들이 고생한다며 자신의 장수를 탓하시다가도 사진 속의 아들 자랑, 딸 자랑, 손주 자랑에 행복해하셨다.

꼼짝없이 누워 지내는 병상에서도 자식을 위한 기도 소리는 끊이지 않는다. 엄마는, 늙은 엄마는 그렇게 죽는 날까지 죽을힘을 다해 자식을 사랑한다.

나도 언젠가 요양병원의 어르신들처럼 나이 든 엄마가 될 것이다. 그 노년의 침상을 가득 채워 줄 아이와의 소중한 추억을 많이 만들고 싶다. 고된 육아의 시기도 다시 오지 않는 시절임을 알고 감사히 여기겠다. 그리고 노후를 맞이하였을 때, 부족한 엄마에게 와서 잘 자라준 것만으로도 효도를 다했다고 꼭 말해줄 것이다. 늙은 엄마를 봉양하는 데에 너무 많은 힘을 쓰기보다 자신의 삶을 행복하게 살기 위해 노력하기를 당부하고 싶다.

언젠가 회진 중 할머니 한 분이 나를 "애기 엄마!"라고 부르셨다. 평소 선생님으로 불리기에 잠시 당황했지만, 이내 그 정겨운 부름에 환하게 웃으며 "네! 애기 엄마, 김영맘 여기 있어요!"라고 대답했다.

할머니들과 나, 우리는 '엄마'라는 영원한 직업을 가졌다. 젊을 때는 정성껏 자식을 키우는 애기 엄마, 늙었을 때는 자식이 장성한 만큼 노쇠하고 주름진 엄마, 세상을 떠난 후에는 그리운 엄마로 남을 것이다.

백 살의 노래

백 번째 생신을 앞둔 할머니가 계셨다. 다리가 아파 온종일 침대에 누워 계시지만, 치료 후에는 항상 "감사합니다."라는 인사를 잊지 않는 분이셨다. 우리 병원에서 제일 연세가 많아 나는 '왕언니'라는 별명으로 불러드렸다.

요양병원에서 달에 한 번씩 열리는 합동 생신 잔칫날, 오래 앉아 계시지 못하는 왕언니 할머니와 몇몇 환자분이 병실에 남았다. 내가 침상에 가까이 가니 왕언니 할머니는 잔치에 가고 싶은 마음을 말씀하셨다.

할머니 나도 잔치에 가서 노래하고 춤추고 싶어.

영맘 오늘은 열도 나고 조금 편찮으시니까 다음 달 생신 잔치에 같이 가요.

할머니 그럼 내가 여기서 노래 한가락 할까?

영맘 네. 좋아요! 왕언니 노래 한번 들어볼까요.

왕언니 할머니께서는 말이 끝나기가 무섭게 한 곡조 뽑으셨다. 그리고 나는 깜짝 놀라고 말았다. 방금까지 기운 없던 모습은 온데간데없고, 크고 쩌렁쩌렁한 목소리가 울린 것이다. 늙기 전에, 젊어서 놀아야 한다는 가사로 유명한 '노랫가락 차차차'라는 노래였다. 이어 말릴 틈도 없이 한 곡 더! 왕언니 할머니는 청중의 박수에 맞춰 '나그네 설움'까지 신나게 부르셨다.

나는 할머니의 우렁찬 노랫소리를 들으면서 갑자기 머리에 번쩍 불이 밝혀지는 느낌이 들었다. 이것이 불교에서 말하는 '돈오頓悟의 순간'인가? 몇 년간 고민해오던 '오늘 이 시간, 나는 현재를 위해 살아야 하는가, 미래를 위해 살아야 하는가?'라는 문제의 답을 찾은 것 같았다.

나의 20대, 청춘의 나날은 미래를 위한 인고의 시간이었다. 늘 바쁘고 힘겨웠다. 그러다가 그 미래가 현재가 되었을 때는 기대와 다른 실망스러운 결과에 좌절했다. 카르페디엠영화 〈죽은 시인의 사회〉에 나오는 유명한 대사로 '지금 이 순간에 충실하라'라는 라틴어이다을 외치면서 오늘만 생각하며 살기로 마음먹기도 했지만, 준비하지 않은 미래에 대한 두려움이 불쑥불쑥 나타날 때면 두려웠다. 삶의 길 위에서 갈팡질팡하고 있는 한 청년에게 백 살의 왕언니 할머니는 이런 따뜻한 조언을 보내셨다.

인생은 결코 길지 않으니 아웅다웅 싸우지도 말고
돈 버느라 성공하느라 너무 힘 빼지도 말고
지금 이 순간 후회 없이 즐겨라.
마지막에 웃는 사람이 아니라
매일매일 웃는 사람이 잘산 것이여.
그리고 백 살을 살고 되돌아보면
누구나 인생이란 나그넷길과 같으니
외로움도 고단함도 두려워하지 말거라.

꿈보다 해몽이라고, 할머니의 가벼운 노랫가락에 너무 많은 의미를 담은 것일 수도 있지만, 백 년을 살아오신 할머니의 선곡은 삶을 고민하는 인생 후배에게 큰 울림을 주었다. 그리고 얼마 지나지 않은 봄날, 왕언니 할머니는 고단했던 나그네의 짐을 내려놓고 영면에 드셨다.

인생행락이人生行樂耳. '인생은 즐거움을 행하는 것이다'라는 뜻의 《한서》에 나오는 구절이다. 현재를 고민하고 미래를 불안해하기에는 우리의 인생이 너무 짧다. 백 년을 살아도 지난 세월을 되돌아보면 아쉬움이 남을 것이다. 큰 부자가 되지 못하고 출세하지 못한 것을 후회하기보다 더 열렬히 사랑하지 않고, 더 신나고 활기차게 살지 못한 젊음의 시간을 한탄하게 될까 두렵다. 오늘을 허투루 쓰지 않고 작지만 소중한 행복에 만족하며 사는 하루하루가 쌓여야 내 백 년 인생도 행복할 것이다.

문득 앞날에 대한 막연한 불안감에 휩싸일 때면 왕언니 할머니께서 유언처럼 남겨주신 노랫말을 조용히 되뇐다. 미래를 걱정한다는 것은 어쩌면 현재 이 시간과 이곳, 이 사람들에게 소홀했기 때문에 생기는 마음일지도 모른다. 지금을 즐기며 나의 일을 사랑하고 소중한 사람들과 행복하게 살겠다고 오늘도 다짐한다.

엠마오로 가는 길

내가 근무하는 병원의 맞은편에는 교회가 있다. 나는 매일 아침, 그 교회 지붕에 달린 커다란 십자가를 보며 가족의 건강과 환자의 평안을 기도한다.

황사가 잔뜩 날아와 밤처럼 컴컴한, 어느 날 아침이었다. 살면서 한두 번 볼까 하는 그런 이상한 날씨. 그날도 여느 날처럼 창밖을 보며 아침 기도를 드리는데 갑자기 십자가 지붕 아래 꼭대기 층에 불이 켜졌다. 평소에는 불이 꺼져 있거나 커튼이 드리워져 안을 볼 수 없었는데, 그날은 불 켜진 창으로 우연히 교회 내부를 볼 수 있었다. 그리고 나는 깜짝 놀랐다. 커다란 예수님 성화가 나를 바라보고 있었기 때문이다. 내가 교회를 바라보고 있었듯이, 예수님도 나를 바라보고 계셨다는 생각에 두렵고도 기쁜 마음이 들었다.

내 인생에도 지독하게 날씨가 나쁜 날이 있었다. 첫 임신 때 기쁜 마음으로 산부인과에 다녀왔었다. 회진하러 가는 두 다리가 마치 구름 위를 걷는 듯 행복했다. 그리고 그날 마지막 회진을 앞두고 전화 한 통을 받았다. 혈액 검사 수치가 정상치보다 낮아 유산이 진행되고 있으니 가능한 한 빨리 산부인과로 오라는 연락이었다. 나는 다리에 힘이 풀려 복도에 주저앉았다가 겨우 일어서서 병실로 향했다.

병실에는 할머니 한 분이 햇볕이 내리쬐는 창가에 앉아 열심히 성경을 필사하고 계셨다. 입원하신 지 얼마 안 되어 한두 번 뵌, 아직은 낯선 환자분이셨다. 나는 할머니를 향해 이렇게 말했다.

영맘　어르신, 신이 있는지도 없는지도 모르는데 힘들게 왜 그런 걸 쓰세요?

나도 모르게 튀어나온 섬뜩한 말에 당황한 나와 달리 할머니는 미동도 없이 인자한 얼굴로 이렇게 말씀하셨다.

할머니　주님께서 계신다고 믿기 때문에 주님은 계십니다.

그 조용한 한마디가 내 가슴을 쿵 울렸다. 할머니는 나의 흔들리는 눈빛을 알아보셨는지 나를 옆에 앉히시고는 자신의 옛이야기를 들려주셨다. 할머니의 지난 삶은 매우 슬프고 고통스러운 날들이었다. 그 시간 동안 유일하게 위안이 되어 주신 분은 신뿐이라고 하셨다.

할머니의 신앙 고백은 내 마음속 날카로운 칼날을 누그러뜨렸다. 신을 부정하고 원망한다고 유산된 태아가 살아서 돌아오는 것도 아닌데 나는 한동안 성당에 나가 하느님을 마주하고 기도하는 일을 힘들어했다. 한 줄기 빛조차 없는 컴컴한 동굴 속에서 사그라진 작은 생명이 너무 가여워 자다가도 숨이 막혀 가슴을 치며 울부짖었고, 생사를 주관하시는 신께서 왜 나의 태아는 살려주시지 않았을까를 생각했다. 그러다가 할머니의 신앙 고백을 듣고, 비록 하느님의 뜻은 잘 알지 못하나, 사랑하는 아들 예수님도 십자가 죽음이라는 고통을 겪으신 후 부활하셨으니 그 사랑에 대한 믿음을 잃지 않는다면 내 아이도 가장 좋은 날 가장 좋은 모습으로 다시 와주지 않을까 하는 희망을 품게 되었다.

몇 달을 울고 조금씩 마음을 추슬렀다. 다시 신께 의지하여 임신을 위한 기도를 결심했다. 하루도 거르지 않고 5단의 묵주기도를 바치면 기도자의 청원을 들어주신다는 9일 기도를 시작했다. 날이 가고 해가 바뀌어도 임신 소식이 없어 잠시 실망하였지만 이내 다시 힘을 냈다. 건강한 내 아기를 위한 기도는 어느덧 세상의 모든 난임 부부와 그 자녀를 위한 기도로 바뀌었다. 그리고 2,850단의 묵주 기도를 바친 날, 나는 열 달을 꽉 채운 건강한 아기를 품에 안았다. 유산의 고통 속에서 신을 의심하고 원망하고 매달리며 한 기도에, 신께서는 오랜 침묵 후 방긋방긋 웃는 아기의 미소로 응답하셨다.

이후 할머니는 수년간 나에게 진료받으며, 아기의 생일과 안부를 챙겨주시는 사이가 되었다. 그날 이후 개인사를 들려주신 일은 없다. 오직 단 하루, 내 인생의 가장 슬펐던 그날, 할머니가 낯선 청년에게 자신의 신앙을 고백하며 고통을 위로해 주셨을 뿐이다. 그리고 얼마 전 할머니는 하느님의 품으로 돌아가셨다. 죽음이라는 이별이 익숙한 요양병원에서 나는 처음으로 환자의 임종에 눈물을 흘렸다.

부디부디 평안하시기를…

모자 뜨개질

두 손 모아 바늘 쥐고 쉼 없는 로사리오
엄마 한 단 아가 한 단 올올이 새긴 기도 소리
고운 빛깔 실을 골라 축원을 수놓았네

두 사람의 체온 담은 따뜻한 양털 모자
먼 나라 낯선 아이의 추운 밤을 덥히어라
꿈속에서 만날 때에 우리 손길 기억하렴

모자의 성탄 선물 보시기에 좋으셨다면
당신의 미소는 태어날 아가에게 큰 축복
실타래 손에 꼭 잡고 엄마 품에 안겨다오

소녀, 아줌마 그리고 할머니

얼마 전 오랫동안 만나지 못했던 30년 지기를 만났다. 너무 반가워서 얼굴을 마주하고 한참 눈물을 펑펑 쏟았다. 그 친구는 30년의 세월이 흐른 지금도, 우리가 헤어졌던 모습 그대로 환하게 웃으며 나를 반겼다. 친구의 이름은 '오영심'이다. 가슴에 동그라미가 그려진 주황색 티셔츠를 입고, 빨간 리본으로 머리를 질끈 묶은 채, 축 처진 눈으로 함박웃음을 짓던 내 친구 영심이. 1990년 방영된 TV 만화 영화 〈영심이〉의 주인공, 오영심. 병원에서 점심을 먹고 쉬는 시간에 돌려보던 유튜브에서 우연히 영심이를 발견하고는 나는 오랜 친구를 만난 것처럼 기뻤다.

〈영심이〉가 방영되던 해에 나는 그녀와 같은 중학교 1학년이었다. 그래서 에피소드 모두를 내 이야기처럼 생각했다. 어수

룩한 영심이가 친구 구월숙과 동생 순심이에게 골탕먹는 장면이 나오면 함께 울먹였고, 남자 친구 왕경태의 구애를 받을 때는 미래의 러브 스토리를 상상했다. 그렇게 함께 울고 웃던 영심이는 여전히 중학교 1학년 순수한 소녀의 모습 그대로였지만, 나는 어느덧 마흔 살 중반의 아줌마가 되어 있었다.

갑자기 영심이가 부러워졌다. 큰 소리로 따라 부르던 주제곡 2)처럼, 보고 듣고 싶고, 다니고 만나고 싶고, 알고 싶은 것도, 갖고 싶은 것도 많은 나이, 열네 살의 영심이가 부럽다. 뭐든지 될 수 있고 뭐든지 할 수 있는 열네 살의 그 시절로 돌아간다면 새로운 인생을 다시 한번 멋지게 살아보고 싶다.

점심시간의 짧은 해후를 아쉬워하며 오후 회진에 나섰다. 병실에 들어가니 한 어르신께서 나를 보자마자 반갑게 말씀하셨다.

할머니 선생님! 애기 잘 크죠?

영맘 네, 어르신. 잘 크고 있어요.

할머니 얼마나 예쁠까? 이렇게 나와서 일하면 눈에 아른거리겠어.

영맘 네. 종일 보고 싶죠.

할머니 선생님은 좋겠다.

영맘 네?

할머니 선생님은 좋겠다. 참 좋겠어. 좋은 시절이야.

어르신은 나를 볼 때마다 그 말씀이다. 아기의 안부를 물은 다음 "선생님은 좋겠다. 참 좋은 시절이야."를 반복하신다. 그런데 영심이를 본 날은, 그 평범한 인사말이 달리 들렸다.

30년 전 어르신은 지금의 나와 비슷한 연배셨을 것이다. 내가 열네 살의 영심이를 보고 참 좋을 나이라고 하며 그 시절로 돌아가고 싶어 하듯, 어르신도 마흔 중반의 나를 보고 참 좋은 나이라고 하시며 오래전 자신의 모습을 떠올리셨을 것이다. 어쩌면 어르신은 젊은 날의 자신에게 하고 싶던 말을 나에게 하고 계실지도 모르겠다. 영심이와 나 그리고 어르신이 30년의 시차를 두고 한자리에서 같은 생각을 하는 것이다.

30년 전 나는 영심이와 닮았고, 30년 후 나는 어르신의 마음과 같아질 테지. 그렇다면 70대의 나에게 참 좋은 시절일 지금 이 순간, 마흔넷의 나는 어떤 마음으로 살아야 할까?

보고 듣고 싶고, 다니고 만나고 싶고, 알고 싶은 것도, 갖고 싶은 것도 많은 마흔넷으로 살아야겠다. 뭐든지 될 수 있고, 할 수 있는 마흔넷으로 살아야겠다. 30년 후, 일흔넷의 내가 잘살았다고 자부할 수 있는 마흔넷의 시간을 충실히 살아야겠다. 그리고 일흔넷 할머니가 되었을 때는 그다음 30년을 기약하는 건강한 노후를 보내고 싶다.

왕년의 소녀이자 현재 아줌마, 미래의 할머니! 김영맘! 오늘도 힘차게 파이팅!

어느 노병 이야기

육아를 시작하면 부모는 아기에게 "엄마 아빠도 엄마 아빠가 처음이라 서툴러. 미안해."라고 말하게 된다. 첫 입원 생활을 시작하는 환자분들도 마찬가지다. 말로 하지 않으셔도 "나도 요양병원 입원은 처음이라 서툴러. 겁이 나."라고 말하는 불안한 눈빛이다.

노인에게 요양병원에서의 생활은 낯설기만 한 일이다. 어떤 할아버지는 집에 가겠다며 병동 엘리베이터 안에서 꼼짝하지 않으시고, 어떤 할머니는 당장 나를 데리고 가라며 밤새 아들딸에게 전화하신다. 그런데 그분들과 달리 입원 첫날부터 씩씩하게 잘 적응하셨던 할아버지가 한 분 계신다.

할아버지는 핸섬한 얼굴과 젠틀한 매너로 병동 할머니들의 관심을 한몸에 받으셨다. 매일 운동화를 신고 힘찬 걸음으로 운동하셨으며, 삼시 세끼를 맛있게 드시는 것은 물론이고 의료진의 보살핌도 항상 웃는 얼굴로 받으셨다. 그러던 어느 날, 진료를 받으시던 젠틀맨 할아버지가 나에게 지난 세월 이야기를 해주셨다. 알고 보니 할아버지는 한국 전쟁 참전용사이자 국가유공자셨다.

할아버지 내가 이래 봬도 6·25 때 ○○○ 전투에 참전해서 훈장도 받았어요.

영맘 우와! 대단하세요. 저는 ○○○ 전투를 학교에서 배웠어요.

할아버지 정말 치열한 전투였지. 거기서 밀렸으면 오늘의 대한민국은 없었을 거예요.

영맘 어르신은 정말 멋진 군인이셨을 거 같아요.

할아버지 으음… 멋지기는커녕 너무나도 괴롭고 고통스러운 시간이었지.

젠틀맨 할아버지에게 청년 시절은 나라를 지켰다는 자부심과 처참한 전투의 비극이 뒤엉킨 상흔이었다. 할아버지의 어두운 낯빛을 본 이후 나는 전쟁 이야기를 꺼내지 않았다.

그러나 전쟁터에서 살아남은 백전노장도 세월의 무게를 감당할 수는 없으셨다. 언제나 씩씩하시던 할아버지도 점점 기력이 약해지시더니 주변인에게 "저 빨갱이들이 나를 죽이려고 한다. 살려줘!"라며 주먹을 휘두르셨다. 병실 너머 복도에 울리는 할아버지의 고함을 들을 때마다 나는 전쟁이 남긴 우리 가족의 상처가 떠올랐다.

나의 할아버지도 한국 전쟁 참전용사로 국가유공자시다. 1950년 열아홉 살의 고등학생이셨던 할아버지는 국군에 자원입대하셨고, 12월에 최전선에서 전사하셨다. 할아버지의 유해는 수습되지 못했고 현충원에는 위패만 모셔져 있다. 얼마 전 국가보훈처에서 유공자의 가정에 '국가유공자의 집'이라는 명패를 보내왔다. 할아버지가 그리울 때면 남몰래 울음을 삼키셨을 아버지는 그 명패를 대문에 달며 또 한 번 눈시울을 붉히셨다.

어린 시절, 현충일에 할매의 손을 잡고 충혼탑에 갈 때마다 '왜 할아버지는 전쟁에 자원해서 가셨을까? 살아계셨으면 우리 할매랑 아빠가 이렇게 고생하지 않으셨을 텐데.'라고 생각했다. 그리고 어른이 되며 차츰 알게 되었다. 할아버지가 한국 전쟁에 참전하신 이유는 정치적 이념이나 사상 때문이 아니라 전선이 코앞에 다가온 고향 마을의 부모님과 아내, 백일 된 아들의 생명을 지키기 위한 것임을. 춥고 배고픈 전쟁터에서 전사하시는 그날까지 가족을 그리워하며 평범한 일상을 꿈꾸셨을 것이다.

나의 할아버지와 젠틀맨 할아버지 그리고 1950년에 살았던 대한민국의 용사들은 총알이 빗발치는 전쟁에서 가족과 나라를 지키기 위해 자신의 하나뿐인 생명을 걸고 젊음을 바쳐 싸우셨다. 현충원에 놓인 수많은 묘비와 유해를 찾지 못한 채 무명용사탑에 빼곡히 이름만 남겨진 이 모두 누군가의 아들이자, 누군가의 소중한 남편, 그리운 아버지이다. 오늘날 우리가 대한민국의 번영을 목도하고, 평화로운 일상을 영위하고, 미래를 꿈꿀 기회를 얻는 것 모두 그분들의 고귀한 희생 덕분일 것이다. 가족과 함께 둘러앉은 오늘 저녁 밥상이 얼마나 값진 선물인지 새삼 깨닫는다. 다시 한번 두 손 모아 깊은 감사의 기도를 드린다.

부디 젠틀맨 할아버지의 기억 속 전쟁이 끝나고 편안한 노후가 되시기를 간절히 바란다.

개미와 베짱이

동화책 읽기는 아이가 말을 배우기 시작하면서 중요한 일과가 되었다. 나는 어린 시절에 읽었던 동화를 수십 년 세월이 지난 지금 다시 읽는다. 며칠 전에 《개미와 베짱이》를 읽었다. 여름내 땀 흘려 일하던 개미는 추운 겨울이 닥치자 따뜻한 집에서 배불리 먹으며 지내고, 여름내 놀기만 한 베짱이는 겨울에 추위와 배고픔을 겪는다는 내용으로 게으름 피우지 말고 열심히 일해서 훗날을 대비하라는 교훈을 주는 우화다. 그러나 나는 아이에게 "개미처럼 열심히 살아야 한다."라고 말할 수 없었다.

나는 매일 병원에서 늙은 일개미들을 마주한다. 젊은 시절 가진 모든 것을 다 바쳐 가족을 위해 희생한 아버지와 어머니들을 만난다. 굳이 고생담을 말씀하지 않으셔도 나에게 내미는 손,

어깨, 무릎, 허리를 보면 얼마나 열심히 사셨는지 금방 알게 된다. 그들은 젊을 때는 고생해도 아픈 줄 몰랐고, 피곤해도 커피 한 잔이면 뚝딱 좋아졌다고 하셨다. 그러나 자신도 모르는 사이에 몸에 고스란히 새겨진 고생의 상처들은 노후를 아프게 한다. 어느 날, 한 어르신이 침을 놓는 내 손을 덥석 잡으며 말씀하셨다.

할머니 선생님, 환자 보느라 힘들지?

영맘 제 일이고 직업인걸요.

할머니 너무 애쓰지 마. 이제 내 몸은 심하게 고장 나서 아무도 못 고쳐.

영맘 그런 말씀 마세요. 지난 시간 열심히 살아오셨다는 증거잖아요.

할머니 맞아. 상처뿐인 훈장이지. 선생님, 돈 버느라 너무 고생하지 말아요. 아기랑 좋은 거 많이 먹고 좋은 데 놀러 다니면서 즐겁게 살아.

영맘 네. 명심할게요.

할머니 세월처럼 빠른 게 없어. 금방 늙어요, 금방. 늙은 뒤에 후회하지 말고. 눈앞에 맛난 것이 있어도 이가 시원찮아 못 먹고, 무릎 아파서 어디 놀러 가지도 못해.

지난 시간 누구보다 열심히 살아오셨던 어르신은 요양병원에서 만난 한 젊은 일개미를 보며 너무 애쓰지 말라고 당부하신다. 세월의 무상함을 모르고 그저 먹고사는 일에만 바빴던 지난날의 자신을 타이르는 말씀처럼 들린다.

어린 시절 읽었던 《개미와 베짱이》는 '베짱이처럼 놀지만 말고, 개미처럼 미래를 위해 열심히 일하며 준비해라'라는 교훈이 명확했다. 하지만 마흔이 넘어 다시 읽는 《개미와 베짱이》가 주는 교훈은 혼란스럽다. 아이에게 이렇게 살아야 한다고 말해주기는커녕, 나도 어떻게 사는 게 맞는지 정답을 찾지 못했다. 병동에서 만난 인생 선배님은 자신의 아픈 몸을 보이며 따뜻하게 조언하시고는, 한 젊은이가 너무 늦지 않게 그 정답을 찾아 후회 없이 살아가기를 바라고 계셨다.

어린 시절에는 스무 살 대학생만 되면 행복할 줄 알았다. 그러다 대학에 가니 좋은 직업을 가지면 행복할 것 같았고, 졸업하고 직업을 가지니 돈을 많이 벌어야 행복할 것 같았다. 남의 시선과 평가에 매달리고 세상이 인정하는 성공을 갈망하며 청춘의 시간을 보냈다. 하나의 목표를 달성하면 고생이 끝나는 줄 알았는데 그건 그저 하나의 시작일 뿐, 저 끝에는 또 다른 목표가 기다리고 있었다. 내일의 행복을 기약하며 오늘의 행복을 희생했는데, 알고 보니 인생은 산 넘어 산이었고, 간혹 어떤 산 너머에는 예상치 못한 똥 밭이 펼쳐져 있기도 했다.

어느 날 한 산기슭에서 만난 생로병사生老病師께서 무작정 달리고 있던 나를 가만히 불러 세워 말씀하셨다. "평생 늙지도 죽지도 않고 영원히 살 것처럼 산꼭대기만 보면서 등산하지 말고, 지금 이 자리에 서서 이 순간 산의 아름다운 모습을 즐겨라. 맑은 공기 한숨 들이쉬고 천천히 걸어가면서 다시 오지 못할 이 소중한 시간을 눈에 가득 담아라."

레위시아의 눈물

보호자　선생님, 제 동생 잘 부탁드립니다.

영맘　최선을 다하겠습니다.

보호자　낫게만 해주시면 제가 선생님 옷 한 벌 해드리고 잔치도 크게 할게요.

꽃님 씨의 보호자인 오빠께서 면회를 오셨다. 우연히 마주친 나에게 여동생의 치료를 부탁하신다. 꽃님 씨의 오빠가 면회하러 온 날은 병실이 화분과 꽃다발로 꾸며진다. 보통의 보호자들은 환자에게 주로 간식을 보내지만, 꽃님 씨의 보호자는 항상 꽃을 보내신다. 덕분에 사계절 내내 병원에서 꽃을 구경할 수 있다.

영맘　와! 꽃이 만개했네요.

꽃님 씨　…

영맘　저 작은 꽃은 이름이 뭐예요?

꽃님 씨　…

간호사　선생님, 화분에 '레위시아'라고 적혀 있어요.

오늘은 꽃님 씨의 기분이 저기압이다. 나의 안부 인사에 눈길도 주지 않는다. 꽃님 씨는 우리 병원에서 가장 젊은 환자이다. 단발머리에 동그란 얼굴의 그녀는 실제 나이보다 훨씬 젊어 보인다. 요양병원 근무 10년 차인 내 눈에도 80~90대의 노인 환자가 대부분인 병동에서, 검은 단발머리의 젊은 여인이 앉아 있는 모습은 낯설기만 하다.

눈감고 누워만 있던 꽃님 씨가 어느 날부터 힘을 내어 운동을 시작했다. 내가 알려준 가벼운 침상 운동을 열심히 하는 것은 물론이고 아침부터 복도를 수차례 왕복하며 땀을 뻘뻘 흘리고 있었다. 병실 끝 조용한 창가에서 쉬고 있던 꽃님 씨에게 다가가 물었다.

영맘　꽃님 씨! 아침부터 운동하신 거예요?

꽃님 씨　네! 선생님, 나 이제부터 운동 열심히 할 거야.

영맘　무슨 좋은 일 있어요?

꽃님 씨　네! 우리 아들이 나 데리러 온다고 했어!

영맘　와! 좋은 소식이네요. 언제요?

꽃님 씨　코로나 끝나면요. 선생님, 코로나 언제쯤 끝날 거 같아?

영맘　글쎄요.

꽃님 씨　올해 크리스마스쯤에는 끝나겠죠?

그 후로 꽃님 씨는 회진 때마다 코로나 사태의 진행 상황을 물었다. 병실 TV에 종일 코로나 관련 뉴스가 나왔지만, 그래도 꼭 나에게 와서 한 번씩 확인했다. 코로나가 전국적으로 대유행할 때는 그녀의 목소리도 힘이 없었고, 확진자 수가 줄어 안정세를 되찾는 모양새면 다시 한번 기운을 내어 운동에 매진했다. 코로나는 전 지구인을 위해 종식되어야 하지만, 나는 집으로 돌아가기를 간절히 소망하는 꽃님 씨를 위해서라도 빨리 종식되길 바랐다.

그러나 우리의 바람과는 달리, 코로나는 크리스마스 무렵에도 여전했다. 꽃님 씨는 겨우내 복도에도 나오려 하지 않았고, 매일 침상에 누워 눈을 감고 있었다. 어느 날은 병원 밖에까지 꽃님 씨의 울음소리가 났다. 발걸음이 무거웠다. 걱정스러운 마음에 병실에 들어가니 꽃님 씨는 머리끝까지 이불을 덮어쓰고 울다 지쳐 잠들어 있었다.

내가 이런 꽃님 씨의 눈물을 이해하고 공감한다고 말한다면 가벼운 위선에 불과하다. 평범한 사회 활동과 결혼 생활을 하다가, 어느 날 갑자기 닥친 질병으로 모든 일상이 산산조각 났을 때 그녀가 감당했을 고통과 좌절은 차마 가늠하기가 어렵다. "병이 나면서 가게는 문 닫고 남편은 도망갔어."라고 웃으며 말하는 그녀의 목소리에는 눈물이 가득 고여 있었다.

병으로 고통받는 이에게 '생로병사는 변화하는 자연의 법칙이자 현상이니 슬프거나 괴롭다고 여기는 것은 인간의 감상일 뿐이다'라는 말이 위로가 될 수 있을까? 그런 깨달음을 통해 감정을 초월하는 경지에 이르기에 우리는 너무 평범하다. 꽃이 피면 설레고, 꽃이 지면 괜스레 서글프며, 꽃잎이 채 시들기도 전에 떨어질 때는 안타까운 마음을 감출 수가 없다. 그러나 그 안타까움을 드러내는 것조차 환자에게 큰 실례가 되며 의료인으로서 올바른 행동이 아니기에 그저 휴지로 눈물을 닦아주고 몸이 굳지 않도록 치료하고 운동을 도와주는 것으로 조용히 나의 응원을 전한다.

아침부터 힘들었을 꽃님 씨의 치료는 하루 미루기로 했다.

얼굴도 못 본 채 돌아서며 그녀의 침상 옆에 놓인 레위시아를 보았다. 힘차게 뻗은 꽃대가 꽃망울을 틔울 준비를 하고 있었다. 레위시아의 꽃말은 '치유, 천사의 눈물'이다. 추운 겨울을 견뎌야만 봄날에 환하게 피어날 수 있는 레위시아.

작지만 강한 꽃 레위시아처럼 꽃님 씨도 어서 기운 내요!

동행

할아버지 선생님, 안녕하세요.

영맘 어르신, 잘 지내셨죠?

할아버지 요 며칠 감기에 걸려서 면회를 못 왔어요. 집사람이 얼마나 눈에 밟히던지.

오후 세 시쯤이면 병실에서 항상 뵙는, 바라기 할머니의 보호자인 남편분과 인사했다. 오전에는 공공근로를 하고 오후에는 매일 할머니를 보러 오는 분이시다.

하얗고 고운 얼굴의 바라기 할머니는 여러 번 큰 수술을 하고 요양병원에 입원하셨다. 한없이 약해진 몸으로 휘청휘청 걸으면서도 남편을 찾아 밤낮으로 병원 복도를 배회하셨다. 자신을 기다리는 이런 아내의 마음을 잘 알기에 할아버지는 눈이 오나 비가 오나 매일같이 면회를 오셨다. 침상 옆에 앉아 아내의 손을 꼭 잡고 기도하신 후 함께 커피믹스를 마시는 시간이 노부부에게 가장 소중하고 중요한 일과였다. 아내를 수년간 간병하면서도 할아버지는 매번 온화한 미소와 다정한 당부를 잊지 않으셨다. 치매로 어린아이가 되어 버린 아내를 달래고 위로하며 따뜻한 보호자가 되어 주셨다.

그런데 다정한 부부의 오작교가 되었던 병실 면회가 코로나 사태 이후 금지되었다. 할아버지가 오지 못하면서 바라기 할머니는 점점 말이 없어지고 누워만 계셨다. 의료진과 간병인이 말을 걸어도 아무런 대답 없이 무기력한 몸과 무표정한 얼굴로 처치를 받으셨다.

남편을 찾아 복도를 헤매던 아내는 점점 걷기가 힘들어지고, 식사를 거부하시더니 치매 증상이 심해졌다. 병원 직원들을 향해 욕하거나 소리를 지르기도 하셨다.

영맘 어르신, 성함… 이름이 뭐예요?

할머니 ○○○

영맘 네, ○○○ 어르신. 아들 이름은 뭐예요?

할머니 나는 아들 없어.

영맘　저기 사진 속에 아들도 있고 딸도 있는데요.

할머니　… 아까 점심때 할아버지 왔었어.

영맘　네?

할머니　같이 커피 먹고 갔어.

바라기 할머니는 아들딸의 이름과 존재조차 잊으신 듯싶었지만, 남편분과 함께했던 티타임의 추억만은 잊지 않으셨다. 대면 면회가 금지된 후로 두 분은 상상 속에서만 겨우 만날 수 있었다.

코로나로 안타까운 상황이 계속되던 어느 날, 낯익은 얼굴의 신환이 입원하셨다. 바라기 할머니의 남편분이었다. 집 안에서 넘어져 수술을 받고 치료와 돌봄을 위해 입원하신 것이다. 남편을 만날 날만 손꼽아 기다리던 바라기 할머니는 할아버지와 병동에서 재회하셨다. 50년 넘는 세월을 함께한 노부부는 그렇게 같은 병원 한 병동 안에 머물며 검은 머리가 파뿌리 될 때까지 아끼고 사랑하겠다는 약속을 지키고 계셨다.

부부가 함께 입원하는 경우가 종종 있다. 자식들이 출가하고 두 분이 생활하시다가, 한 분이 편찮으셔서 간병이 시작되고, 고된 간병 노동으로 돌보던 분마저 병을 얻거나 지병이 악화해 같이 입원하는 경우다. 부부는 2인실을 사용하기도 하지만 경제적 이유와 간병의 어려움으로 남녀 병동에서 각각 생활하시기도 한다. 또, 따로 생활하실 경우 보통은 서로의 병실을 오가며 만나시는데, 여의찮으면 휴게실에서 만나신다.

휴게실에서 부부는 무덤덤한 얼굴로 TV를 보며 앉아 계신다. 그러나 오랜 세월 서로 의지해 살아온 부부의 데이트는 세상 어느 연인보다 애틋하고 아름답다. 곱고 수줍던 아내는 쪼글쪼글 주름진 할머니가 되었고, 가족을 지켜주던 듬직한 남편은 스스로를 지탱하기 힘겹도록 작아져도 평생 동고동락하며 희로애락을 나누어온 노부부에게는 생로병사도 이겨낸 강인한 사랑의 힘이 느껴진다.

부부는 인생길 위에서 마주 보며 걷기도 하고 같은 곳을 바라보며 손잡고 나란히 걷기도 한다. 때로는 함께 걷는 것이 혼자 걷는 것보다 외롭고 힘들어 잡은 손을 놓고 싶기도 하겠지만, 인생의 마지막까지 그 여정을 함께 걸어온 노부부에게는 남녀의 순애보를 넘어 동반자로서의 연민과 신뢰하는 마음이 있다. 그 마음은 매우 굳세고 강하여 배우자의 늙음과 병듦, 죽음까지도 고요하게 품는다.

한 분이 돌아가시고 홀로 남겨진 어르신을 뵐 때마다 걱정이 앞선다. 그러나 배우자의 장례를 치르고 돌아온 어르신은 크게 목 놓아 울거나 슬퍼하지 않으신다. 평소처럼 담담하신 모습에 놀란 적도 많았다. 오랜 세월 충분히 사랑한 부부는 죽음의 강을 사이에 두고 이별하여도 크게 슬퍼하거나 후회하지 않으셨다. 오히려 병으로 인한 배우자의 고통이 비로소 끝나고, 자신이 그 마지막을 지켜줄 수 있었음에 안도하신다. 늙고 아픈 배우자를 끝까지 돌보는 헌신이야말로 남녀 간의 사랑 중 가장 깊고 위대한 사랑이 아닐까?

살아 있는 생명에게 가장 큰 두려움, 죽음의 순간까지 서로를 보듬으며 손잡고 걸어가는 황혼의 노부부는 요양병원의 병실에서 만난 세상 가장 아름다운 연인이다.

병동의 예술가

진료실에 앉아 차트를 정리하는데 열어 둔 창문 사이로 귀에 익은 하모니카 소리가 들려왔다. 오늘의 선곡은 '오빠 생각'이다. 서울로 간 오빠가 비단 구두를 사 오길 기다리는 소녀의 간절한 마음이 느껴지는 훌륭한 연주의 주인공은 바로 A 할아버지시다.

A 할아버지는 텅 빈 병실에 홀로 앉아계시고는 했는데, 평소 별로 말씀이 없으시고 사람들과 어울리기보다 고독을 택하신 듯했다. 그런데 가끔 이렇게 멋진 하모니카 연주를 선보이신다. 타인에게 방해되지 않으려 복도로 난 방문을 닫고 도로로 난 창문을 열고 연주하시는 덕분에, 병실 바로 아래층 진료실에서 나는 언제나 그 음악을 편안하게 감상할 수 있다. 할아버지의 하모니카 연주는 차분하고 정갈하다. 나는 할아버지의 연주를 들으며,

하모니카가 참 다양하고 아름다운 소리를 내는 악기라는 걸 알았다.

B 할머니는 그림 그리기를 좋아하셨다. 미술 봉사자가 병원에 오는 날이면 할머니는 불편한 몸을 이끌고 수업에 적극적으로 참여하신다. 색종이를 오리고 붙이거나 갖가지 크레파스로 칠한 할머니의 그림은 소박하고 정겨웠다. 자기 작품을 감상하고 칭찬을 아끼지 않는 병실의 관람객들을 바라보시며 수줍은 미소를 지으신다. 할머니가 그림을 좋아하신다는 것을 알고 따님은 색연필과 스케치북을 잔뜩 보내왔다. 햇볕이 따뜻하게 내리쬐는 침상에 앉아 마음껏 그림을 그리는 할머니를 뵐 때마다 예술혼을 불태우는 화가의 열정이 느껴졌다.

말갛고 고운 얼굴의 C 할머니의 분야는 성악이다. 할머니의 침상 옆 효도 라디오에서는 항상 찬송가가 나지막이 울려 퍼졌는데, 할머니는 작고 가녀린 목소리로 그 찬송가를 따라 부르셨다. 편찮으시기 전까지 교회에서 성가대 활동을 하셨다고 했다.

어느 날 오후, 회진하다가 C 할머니 침상의 양옆에 계신 어르신들이 C 할머니의 자장가를 들으며 평안히 낮잠 주무시는 모습을 보았다. 라디오에서는 내가 유치원 시절에 배운 찬송가가 흘러나오고 있었다. '내 주를 가까이'라는 곡으로, 늘 찬송하며 주께 나아가길 바란다는 가사가 할머니의 삶과 참 많이 닮아 보였다.

D 할머니는 뜨개질을 좋아하신다. 나는 한 NGO 단체에서 진행하는 신생아 모자뜨기 캠페인에 참여하면서 뜨개질이 목과 눈, 손가락과 손목의 통증을 수반하는 일임을 알게 되었다. 그래서 그 힘든 일을 밤낮으로 하시는 할머니의 건강이 염려되어 뵐 때마다 뜨개질을 자제하시라 당부하였다. 그러나 할머니는 평생 해오던 일이라 요령이 있다며 심심한 일상의 낙이니 염려하지 말라고 하셨다. 고운 색의 털실을 쭉 늘어놓고 나에게 품질과 촉감에 대해 하나하나 설명하시기도 했다.

할머니는 그 털실로 목도리를 떠서 여섯 명의 아들딸과 사위, 십여 명의 손주들에게 선물하시고, 나에게는 직접 뜬 수세미를 선물하셨다. 나는 그 수세미로 설거지할 때마다 할머니께 감사와 행복을 느낀다. 자제분들도 선물 받은 양털 목도리를 두르며 추운 겨울을 녹이는 어머니의 따뜻한 손길을 기억할 것이다.

병동의 예술가들은 주변 사람들에게 잔잔한 감동을 준다. 어르신들의 창작물을 보며 삶의 의미와 즐거움을 찾는 모든 활동이 예술이라는 걸 깨달았다. 톨스토이는 "예술은 손으로 만든 작품이 아니라 경험한 감정의 전달이다"라고 하였다. 요양병원에서 어르신들의 작품을 대할 때마다 세월의 희로애락이 오롯이 담겨 있음을 느낀다.

고독한 노년의 병상에 하모니카라는 친구가 있어 마음의 위로가 되고, 젊은 시절 먹고살기 바빠 몰랐지만 뒤늦게 발견한 그림 재능에 80대의 화가가 되고, 평생 교회 성가대로 봉사하며 노랫말처럼 아름다운 삶을 살아오시고, 일평생을 바쳐 키워낸 자손들을 위해 또 자신의 마지막 시간을 바쳐 축복의 마음으로 뜨개질하신다. 나이 듦과 병듦이라는 육신의 어려움을 잠시 잊은 채 예술 활동을 통해 삶의 활력을 되찾고 주변인들에게 사랑을 베푸는 모습에서 예술의 힘을 느낀다. 예술과 함께하는 노년의 삶은 그 무엇보다 풍요롭고 평화롭고 건강했다. 오늘도 병동의 예술가에게 경의를 표하며 소박하고 아름다운 작품을 감상할 수 있음에 감사하다.

병동의 예술가들을 보며 나도 언젠가 맞이할 노후를 위해 꼭 예술 활동을 해야겠다고 생각한다. 가장 즐거움을 느끼는 활동이 무엇일까?

글쓰기가 먼저 떠오른다. 아이가 태어나면서부터 매일 쓰기 시작한 육아 일기는 백 일에 한 권씩 책으로 만들었다. 육아 일상뿐만 아니라 그날의 뉴스, 책에서 발견한 좋은 글귀, 노랫말, 편지와 자작시 등 내 인생의 이야기를 단 한 사람의 독자, 아이를 위해 남기려 한다. 한의사로서 경험한 요양병원의 일상과 단상을 담아 병동 일기도 쓰고 있다. 청년의 시선에서 바라본 노인의 이야기를 통해 독자분들이 한 번쯤은 자신의 노후와 죽음에 대해 생각하고 준비할 수 있도록 하고 싶다.

즐거웠던 추억도 슬펐던 기억도 지나고 나면 다 세월 속에 잊히지만, 일기장에 기록된 순간은 영원히 글로 저장된다. 아주 오랜 시간이 지난 후, 노년 침상에서 외로움과 그리움을 달래줄 나의 이야기들을 계속 쓰고 싶다.

코로나에 대처하는 우리들의 자세

2019년 연말, 중국 우한에서 신종 폐렴이 확산하고 있다는 뉴스를 접했다. 타국의 전염병이라고만 생각했던 코로나는 순식간에 전 세계를 강타하며, 2020년 이후 지금까지 인류 문명과 우리의 삶을 뒤흔들고 있다. 그리고 요양병원의 생활도 그 거대한 파도를 피할 수 없었다.

고위험시설인 요양병원의 직원들은 고강도 위생 수칙 및 동선 보고 등의 방역 지침을 철저히 준수해야 했고, 매주 1~3회 코로나 진단 검사를 의무적으로 받아야 했으며, 2021년 2월에는 AZ 백신을 대한민국에서 제일 먼저 접종해야 했다.

솔직히 백신 접종에 두려움이 앞섰다. 뉴스에서 연일 백신 부작용 기사가 보도되고 있었고, 관련 연구와 접종 사례가 충분하지 않았기 때문이다. 하지만 의료인의 한 사람으로서 요양병원 노인 환자들의 위험한 상황을 잘 알고 있었기에 접종은 피할 수 없는 일이었다.

접종은 눈 깜짝할 사이에, 주삿바늘에 따끔할 순간도 없이 순식간에 이루어졌다. 그러나 8시간이 경과한 후부터 엄청난 통증이 몰려왔다. 체온이 38도를 오르내리고, 온몸이 벌벌 떨리도록 아팠으며, 종일 식은땀이 줄줄 흘러내렸다. 당시는 백신 휴가도 없어서 나는 아픈 몸을 이끌고 후들후들 걸으며 사나흘을 근무했다. 1차 접종 석 달 후에 2차 접종을 받았고, 다행히 2차에는 별다른 특이 증상 없었다.

요양병원 직원들의 백신 접종이 마무리되자 환자들의 백신 접종이 시작되었다. 걱정이 많았다. 기저 질환 어르신들이 백신 후폭풍을 감당해야 하는 상황이 염려되었다. 그러나 걱정과 달리 어르신들은 접종을 간절히 기다리고 계셨다.

할머니 우리는 백신 언제 맞아요? 빨리 맞고 싶어.

영맘 어르신은 주사가 무섭지 않으세요?

할머니 무섭지. 무서워도 꼭 맞을 거야. 주사 빨리 맞고 우리 애들 만나고 싶어요.

어르신들이 백신 접종을 애타게 기다리시는 이유는 딱 하나, 가족의 면회가 재개되길 바라는 마음이다. 백신은 어르신들에게 가족을 다시 만날 수 있는 유일한 희망이었다.

환자분들의 일상은 둘로 나뉜다. 가족이 면회하러 오는 날과 면회하러 오지 않는 날이다. 가족이 면회하러 오기로 한 날은 몇 시간 전부터 들뜬 마음으로 여러 차례 시간을 물어보신다. 화색이 도는 낯빛으로 아들딸에게 둘러싸여 맛난 음식을 드실 때면 천군만마를 얻은 장수처럼 당당하고 즐거워 보이셨다. "이것 한번 드셔보세요."라며 간식을 권하는 목소리에는 잔뜩 힘이 들어가 있었다.

그러나 코로나 이후 요양병원은 가족이 면회하러 오지 않는 날만 계속되고 있다. 어르신들의 건강을 지키고, 코로나를 예방하기 위한 방역 조치가 환자와 보호자를 이산가족으로 만든 것이다. 가끔 비대면 면회가 이뤄지고는 있지만, 어르신들은 굳게 닫힌 유리창 너머로 병원 건물 밖 자식들의 얼굴을 잠깐 바라볼 수 있을 뿐이다. 손 한번 못 잡아보고 돌아서는 아들딸의 뒷모습을 보면서 어린아이처럼 큰 소리로 우는 분도 계신다. 늙은 부모의 눈물을 본 자제분들도 집에 가지도 못하고 병원 주차장만 하염없이 맴돈다.

코로나가 진정 국면에 들어서고 사회적 거리두기가 완화되면서 코로나 백신을 완료한 노인 환자와 가족에 한해 대면 면회가 실시되었다. 면회가 가능한 장소에서 2년 만에 손을 맞잡은 가족은 그간의 한을 풀며 눈시울을 붉혔다. 하루라도 빨리 코로나가 종식되어 예전처럼 어르신들이 자유롭게 가족을 만날 수 있었으면 좋겠다.

제2장

生老病死에 관한 고찰

상수의 비밀

20세를 약관, 30세를 이립, 40세를 불혹, 50세를 지천명, 60세를 이순이라 하고, 칠순, 팔순, 구순을 지나 백 세가 되었을 때를 '상수上壽'라고 한다. 병 없이 하늘에서 내려준 나이라는 뜻이다. 상수라는 단어가 낯선 이유는 아마 백 살을 살아낸 사람이 적기 때문이지 않을까 싶다.

요양병원 환자는 80대가 많지만 그래도 아흔을 넘어 백 세를 몇 해 앞둔 어르신도 계신다. 90대 후반의 어르신이 꼿꼿한 자세로 열심히 걷는 모습이 보이면 나는 그분들을 조금 더 유심히 관찰한다. 내 목표가 '백 살까지 맑은 정신으로 살고, 죽는 날까지 걸어 다니기'이기 때문이다.

A 할아버지는 일제 강점기에 강제 징용되었다가 같이 간 사

람 중에 유일하게 살아남아 고향으로 돌아오셨다고 했다. 매일 정확히 같은 시간에 같은 장소에서 앉아 계셔서 '칸트'라는 별명을 지어드렸다. 칸트 할아버지는 침 치료를 받으러 오실 때마다 오늘 날짜와 요일을 확인하시고는 오늘은 침 치료 시간이 평소보다 빠르다 늦다 매우 정확하게 지적하셨다.

B 할머니는 회진 때마다 보행 보조기구인 워커를 붙잡고 병동을 빙빙 돌며 운동하고 계셨다. 진료 첫날 아픈 데 없으신지 여쭈니 아픈 데가 없다며 난감해하셨다. "나중에 아프시면 다시 말씀하세요." 하니 할머니는 그제야 안도하시며 가끔 편찮으실 때만 침 치료를 받으셨다. 할머니는 내가 만삭일 때 싱글벙글 웃으며 반겨주셨고, 출산 후 복직했을 때는 "아기는 엄마가 키워야지 여기에서 뭐 하고 있어요!"라며 매번 야단을 치셨다.

C 할머니는 젊은 시절 꽃집을 운영하셨다고 했다. 항상 화려한 헤어밴드로 백발의 긴 머리를 정돈하셨다. "꽃을 닮아 예쁘신가 봐요."라는 나의 너스레에 수줍은 미소를 지으시며 사탕과 과자를 내 가운 주머니 한가득 넣어주기도 하셨다. 할머니는 젊은 날에 무거운 화분을 들고 계단을 자주 오르다 보니 무릎이 아프다고 하셨다. 그 아픈 무릎을 이끌고 워커에 의지하여 돌아가

시기 전까지 복도를 걸어 다니셨다.

그리고 97세의 일기로 재작년에 돌아가신 내 외할아버지. 외할아버지는 공기 좋은 시골 마을에서 평생 농사를 지으신 80년 경력의 베테랑 농부셨다. 80년 동안 과수원, 마늘 농사, 벼농사를 지으시며 네 명의 동생과 네 명의 자식을 먹이고, 입히고, 공부시키셨다. 햇볕에 그을린 검은 얼굴로 손주들을 바라보시며 함박웃음을 지으시던 모습이 눈에 선하다. 90대 후반의 할아버지가 고향집에 홀로 계시는 것이 힘들 것 같아 외할머니가 계신 요양병원에 모시려고 했지만, 입원을 위한 마땅한 병이 없을 만큼 평생 건강하셨다.

내가 관찰한 바에 따르면 아흔이 넘어 백 세에 다다른 분들에게는 공통점이 몇 가지 있다. 상수를 앞둔 노인께 실례일 수 있지만 모두 얼굴이 매우 귀여우시다. 흰머리가 나고 주름이 진 아기의 얼굴이라고 하면 정확한 표현일까? 손녀뻘인 나에게 애교 넘치는 말과 생글생글 눈웃음으로 인사하실 때면, 나도 빙그레 웃게 된다. 미용 시술이나 성형으로는 흉내 낼 수 없는 절대 동안의 비결은 '귀여운 미소'다.

또 하나는 '부지런함'이다. 요양병원이라는 제한적 환경에서도 규칙적인 일과를 보내신다. 정말 편찮으실 때를 제외하고는 워커를 잡고 복도를 왕복하는 보행 운동을 하시거나, 앉아서 손뼉을 치며 햇볕을 쬐거나, 가방과 서랍 속 옷가지와 물건을 모두 꺼내어 정리하는 등 여하튼 늘 무언가를 하고 계셨다. 97세까지 고혈압, 당뇨 그 흔한 질환 하나 없이 무병장수하셨던 나의 외할아버지도 새벽 5시면 일어나 논밭에서 일하시고, 자전거를 타고 온 마을과 읍내 장터를 돌아다니시며 집안 대소사를 챙기셨다.

세 살 버릇 여든까지 간다는 속담은 이제 '세 살 버릇 상수까지 간다'로 수정해야 옳다. 통계청에 따르면 2020년 한국인의 기대 수명은 83.5세다.[3] 기대 수명은 그 해 0세의 출생자가 향후 생존할 것으로 기대되는 평균 수명이고, 평균 수명은 사망한 0세~최고령까지 모든 사람의 연령을 평균한 것이므로 실제 노인들의 사망 나이는 이보다 높다. 영국의 어느 연구에서는 2030년 한국이 OECD 35개 선진국 중 최장수 국가가 될 것으로 예측하기도 했다.[4] 가까운 미래에는 노인이 백 살을 사는 것이 놀라운 일이 아니라 보편적인 일이 될 것이다. 그리고 누구나 동의하듯 가장 중요한 것은 오래 사는 것이 아니라 건강하게 오래 사는 것이다. 건강 수명을 늘리기 위해서는 항상 상수의 비결을 탐구하고 적극적으로 실천하여 좋은 습관을 만드는 것이 필요하다.

이 글을 읽고 있는 미래의 노인들이여. 백 세까지 건강하게 살고 싶다면 지금 당장 자리에서 일어나 부지런히 몸을 움직입시다. 이때 표정은 눈웃음이 살짝 섞인 미소입니다. 최대한 귀엽게, 스마일.

강한 여자가 아름답다
_장비 할머니

내 좌우명 중 하나는 '강한 여자가 아름답다'이다. 지독히 내성적인 성격과 낮은 자존감으로 힘들어하던 나에게 강한 여자가 아름답다는 대학 캠퍼스에 걸린 태권도 동아리의 슬로건은 평생의 좌우명이 되었다.

요양병원에서 만난 '아름답고 강한 두 여성'의 이야기를 하고 싶다. 요양병원의 어르신들은 대부분 말씀이 없으시다. 질병으로 인한 통증으로 말할 기운조차 없거나, 치매로 인지가 저하되고 언어 기능이 퇴화했거나, 처한 상황에 우울함을 느끼는 등의 이유로 말을 아끼는 분이 많다. 휴게실에서도 주변인과 대화를 나누기보다 주로 TV를 시청하신다.

그런데 새로 입원하신 분은 말씀이… 매우 많으셨다. 매우.

병실이 떠나갈 듯 엄청난 성량의 허스키한 목소리에 병동이 쩌렁쩌렁 울렸다. 그리고 목소리를 따라 들어간 병실에서 나는 '장비 할머니'를 처음 만났다. 수염만 붙이면 삼국지의 장비와 너무 비슷해서 나는 남몰래 그녀에게 '장비 할머니'라는 별명을 붙여 드렸다.

장비 할머니는 큰 목소리로 다양한 관심사를 끊임없이 표출하셨다. 본인의 주치의뿐만 아니라 옆 환자의 주치의들도 자신에게 친절하게 인사하고 치료해주길 요청했고, 타 환자의 일거수일투족을 모두 관찰하며 열심히 참견하셨다. 그러자 급기야 장비 할머니와 동거가 불편해진 같은 병실 환자분들이 불만을 표출하셨다. 그러나 장비 할머니는 다른 병실로 가지 않겠다는 고집을 꺾지 않으셨다.

약간 긴장된 마음으로 장비 할머니를 처음 진료한 날이다. 다행히도 할머니는 크고 허스키한 목소리로 자상하게 말씀하셨다.

할머니 내가 귀가 먹어서 목소리가 커.

영맘 네, 알겠어요. 어디가 제일 불편하세요?

할머니 잘 잤냐고? 밤에 잠은 잘 자.

심한 난청으로 보청기를 끼고도 대화가 순조롭지 않았다. 그러다 할머니와 점점 친해진 어느 날, 나는 할머니의 지난 이야기를 들을 수 있었다.

할머니 내가 공장에서 19년을 일했어. 그 일이 얼마나 힘든지 몰라. 기계가 시끄러우니까 내 귀가 다 먹었어. 거친 기계 만지다가 손가락 골병들고, 하루 종일 서 있으니 무릎 골병이 들었지.

할머니는 그날 이후, 다음 날도 또 그다음 날도 '공장 생활 19년' 개인사를 무한 반복하셨다. 덕분에 나는 물론이고, 같은 병실의 환자분들까지 장비 할머니의 레퍼토리를 외울 수 있게 되었다. 그런데 장비 할머니의 레퍼토리는 다른 할머니들의 신세한탄과는 조금 달랐다. 다른 어르신들의 이야기는 약간의 자조와 원망이 섞인 고생담이 많은데, 장비 할머니의 '공장 생활 19년'은 "나 이렇게 열심히 살았어. 네가 보기에도 나 좀 멋지지 않아?"라는 프라이드가 넘쳤다. 나만 그렇게 생각하는 것이 아니라 간호사와 간병인 모두 그렇게 이야기했다.

나는 걸 크러시인 장비 할머니의 레퍼토리를 들을 때마다 할머니가 공장에서 19년의 경력을 유지하기 위해 얼마나 고생하셨을지를 생각한다. 지금도 워킹맘들은 아이를 키우며 직장 다니느라 전투적으로 육아를 한다. 아침마다 출근 준비와 아이 등원 준비에 눈코 뜰 새 없이 바쁘고, 아이를 어린이집에 두고 돌아설 때면 땀, 눈물, 콧물이 펑펑 흘러내린다. 지금도 이러한데, 여성의 사회 활동이 어렵던 장비 할머니의 워킹맘 시절은 어떠했을까. 아마도 삼국지의 적벽대전을 능가하는 전투 육아를 치르지 않았을까 싶다. 나는 목소리를 한껏 높여 할머니와 육아 대담을 했다.

영맘　임신하고도 공장 다니셨어요?

할머니　그럼. 배가 불러서도 공장에서 일했지. 임산부라고 봐주는 게 어디 있어?

영맘　그냥 서 있기도 힘든 만삭에도 일하시고, 어르신 대단하세요.

할머니　여자라고 징징거린다는 소리 듣기 싫어서 이 악물고 일했어.

영맘　애 낳은 후에는 어떡해요?

할머니　젖먹이를 맡기고 일 다녔지. 힘들었어도 공장 언니들이 서로 도와주고 그랬어.

동료 언니들의 도움이 전부였던 장비 할머니의 젊은 시절보다 지금의 육아 상황은 얼마나 많이 나아졌을까? 현재 우리나라는 2021년 합계 출산율이 0.81로 세계 최저 출산국이다.[5] 출산율이 낮다는 것은 그만큼 아이를 낳아 기르는 환경이 열악하다는 뜻이다. 또, 여러 학자가 합계 출산율 1 이하가 수년간 지속하는 나라는 사회, 경제, 국방, 문화 등 전반의 분야에서 동력이 상실되어 심각한 문제에 직면할 거라고 경고한다. 우리나라는 이미 2020년부터 사망자 수가 출생자 수보다 많은 자연 감소가 시작되었고, 2021년에는 1949년 인구조사 이후 최초로 총인구가 감소하였다.[6] 정부는 저출산의 '인구 위기'를 막기 위해 여러 가지 대책을 세우며 막대한 예산을 쏟아붓고 있지만, 출산율은 매해 최저치를 경신하고 있다.

과거보다 모자 지원이 늘고 제도화되어, 나도 임신과 출산 과정에서 출산지원금과 출산 휴가, 육아 휴직 혜택을 받았다. 그러나 아직도 직장에서 휴직을 허락하지 않아 임신과 출산으로 경력이 단절되는 여성이 많다. 무사히 출산해도 맞벌이 가정이 아이를 안전하게 맡길 수 있는 보육 시설은 턱없이 부족하다. 지금처럼 현금성 지원에만 그칠 것이 아니라 양육을 위한 고용과 주거 안정을 보장하는 정책이 뒷받침되어야 할 것이며, 여성들이 육아와 직장 생활을 양립하는 것이 당연한 근로 환경이 조성되고, 지속적인 교육을 통해 인식 또한 개선되었으면 좋겠다. 아이를 낳고 기르며 일하는 것은 한 여성, 한 가족의 노력인 동시에 국가의 존립과 번영에 기여하는 공동체 구성원 모두의 책임이기 때문이다.

오늘도 워킹맘의 하루가 시작된다. 출근 준비를 하면서, 칭얼대는 아이에게 "엄마 시간 없어! 회사 가야 해!"라는 말을 수없이 되풀이한다. 이럴 때면 슬퍼지기도 한다. 일을 사랑하고, 계속 일하고 싶지만 '무엇을 위해 일하는가. 아이와 행복하게 살기 위해 일하는데, 지금 내 아이는 과연 행복한가?'라는 물음이 들기 때문이다. 그러나 아이에게 미안한 마음을 삼키며 직장 생활을 하는 수많은 후배 워킹맘에게 장비 할머니의 '공장 생활 19년'을 전하고 싶다. "나도 했어! 너도 할 수 있어!"라는 씩씩한 격려와 위로가 될 것이다.

어린 자녀들을 먹이고 입히고 공부시키기 위해 시끄러운 기계음을 들으며 귀가 어두워지도록, 먼지가 날리는 곳에서 목소리가 걸걸해지고 관절이 다 닳도록 일하신 장비 할머니의 '공장 생활 19년'. 할머니의 서글서글하고 부리부리한 눈웃음을 보며 그 레퍼토리를 들을 때마다 나도 지금의 어려움을 잘 극복하고 나중에 할머니 되어 요양병원에 갔을 때 "나 요양병원에서 10년 넘게 침놓은 사람이야. 한번 맞아 볼 테여?"라고 말할 수 있는 왕년의 워킹맘, 멋진 걸 크러시가 되겠다고 다짐한다.

강한 여자가 아름답다
_원더우먼 할머니

요양병원 환자들의 지난 세월의 흔적은 관절 마디마디에 남아 있다. 아픈 관절을 관찰하고 진료하고 함께 대화를 나누다 보면 자연스럽게 어르신들의 예전 직업을 알 수 있다. 식당을 운영하신 할머니는 양 손목과 열 손가락의 퇴행성 관절염이 심하다. 택시 기사였던 할아버지는 허리와 목 디스크로 팔다리가 저리고 아프다고 하시고, 평생 농사를 짓던 할머니는 어깨, 무릎, 허리 등의 모든 관절이 아프다고 하신다.

그런데 외관상 관찰되는 관절이 참 예쁜 할머니가 계셨다. 그분은 '작은 고추가 맵다'라는 속담처럼 아주 자그마한 키에 통통하고 다부진 체격이셨다. 척추가 바르고 허리와 등 근육이 단단하여 늘 꼿꼿한 자세로 보행하셨으며, 가슴을 쫙 펴고 걷는 모습에서 굽은 어깨는 찾아볼 수 없었다. 무릎의 슬개골도 젊은이

못지않게 예쁘고 튼튼했다. 놀랍도록 잘 관리된 관절을 보며 할머니께 물었다.

영맘 어르신은 고생 많이 안 하셨나 봐요. 관절이 예뻐요.

할머니 이쁘다니 고마워. 근데 나 고생 많이 했어. 공사장에서 30년 넘게 일했거든.

영맘 네? 믿을 수 없어요.

할머니 진짜야. 공사판에서 벽돌 지고 날랐어요.

영맘 네? 그런데 이렇게 관절이 튼튼하시다니… 어르신은 원더우먼이거나 소머즈시네요.

할머니 으응?

영맘 아니, 아니요. 정말 대단하세요.

할머니 못 믿는구먼. 정말이야. 내가 시내에 고등학교랑 중학교 여럿 지었어.

영맘 우와! 어르신은 교육자세요.

할머니 으응?

영맘 학생들이 공부할 수 있게 학교 지어주셨으니 교육자시죠.

할머니 하하하. 그렇게 말해주니 고마워요.

할머니의 직업에 반신반의했는데 면회하러 온 따님이 팩트 체크를 해주셨다. 할머니는 정말로 30년 경력의 건설 노동자, 원더우먼이셨다. 아니, 후천적 환경을 극복하는 원더우먼급의 유전자를 타고 나신 건강 체질임은 틀림없었다.

할머니는 침 치료가 끝나면 "애쓰셨소. 고마워요."라며 감사 인사를 잊지 않으시고, 앉아만 계시는 환자의 휠체어를 밀어드리며 함께 운동도 하는 분이셨다. 침상에 누워 눈만 깜빡이는 분들에게 다가가 손을 잡고 말벗이 되어 드리는 모습도 자주 보았다. 또한 간병인과 친하게 지내시되 요구 사항이 있을 때는 명확하게 의견을 말씀하시고, 환자분들이 직원에게 무례한 언행을 하면 단호하게 제지하거나 타이르기도 하셨다.

그러던 어느 날, 복도가 시끌시끌하니 여럿이 싸우는 것 같았다. 알고 보니 원더우먼 할머니와 한 할아버지 사이에 다툼이 났다. 할아버지는 비교적 건장한 체격으로 병동에서 골목대장 노릇을 하는 분이신데, 지나친 장난으로 다른 환자분들을 괴롭히자 원더우먼 할머니께서 일침을 날리신 것이다. 평소 점잖던 원더우먼 할머니는 불의 앞에서 지난 세월의 내공을 쏟아내듯 거침이 없으셨다. 그렇게 자그마한 키의 할머니는 영화 속 헬머니를 연상시키는 엄청난 파워로 골목대장 할아버지를 압도했고, 평소 골목대장 할아버지를 못마땅하게 생각하셨던 병동의 어르신들이 합세하자, 할아버지는 당황하며 자리를 피하셨다. 그리고 우리 정의의 원더우먼은 아무 일도 없었다는 듯 다시 환우의 휠체어를 밀어드리며 유유히 퇴장하셨다.

요양병원은 늙고 병든 사람들의 공동체이다. 어르신들은 간혹 부당한 대우를 받더라도 강력하게 항의하시는 경우가 드물다. 목소리를 높일 만한 몸과 마음의 힘이 없기 때문이다. 자신의 일에도 나서기가 힘든데 하물며 타인의 일, 공동체의 이익을 위해 앞장선다는 건 쉽지 않은 일이다.

본인도 환자로 입원했으나 다른 환자의 휠체어를 밀어주고, 병상에 누워 계신 분들의 말벗이 되어 주고, 부당함을 당하는 약자의 편에 서서 강한 목소리를 내는 원더우먼 할머니는 요양병원의 작은 병실을 더 살기 좋은 공동체로 만드는 참 멋진 분이다. 그리고 원더우먼 할머니의 승리로 끝난 그날의 소동 이후 나는 할머니가 더욱 원더해 보였다. 할머니는 관절도 마음도 넘버 원! 우리 병원의 진정한 원더우먼!

할머니의 보호자

누군가의 블로그에서 "당신들은 요양병원 병실에서 제일 목소리 큰 사람이 누군지 아는가?"라는 글을 읽었다. 그 답이 궁금해 쭉 읽어보니, 답은 '보호자가 자주 찾아오는 사람'이었다. 부정할 수 없는 답이다.

코로나가 유행하기 전에는 보호자들의 병실 면회가 가능했고, 나 역시 하루에 한두 번은 회진 중에 보호자들과 마주쳤다. 자주 오시는 분들과는 자연스럽게 안부 인사를 나누기도 했다. 보호자는 크게 세 부류이다.

1. 배우자

부부 중 한 분이 입원하고, 한 분은 집에서 생활하는 경우다. 대개 할아버지가 입원하시고 아내가 보호자인데, 그 반대도 있다. 긴 세월 함께 살아온 부부의 사랑은 애틋하다. 말없이 아픈 배우자의 손을 잡아주고, 떨어지지 않는 발걸음으로 병원을 나서는 보호자의 뒷모습은 그 발자국마다 눈물이 고인다.

2. 자녀

배우자가 돌아가시고 홀로 된 어르신들은 대부분 아들딸의 손을 잡고 입원하신다. 아들딸들은 부모님의 병을 비교적 담담하게 받아들이며, 오랜만에 면회하러 온 자식들에게 둘러싸인 어르신의 얼굴은 슬픔보다는 반가움이 크다. 자식이 많으면 키울 때 힘들지만, 요양병원 생활에서는 매주 돌아가며 오는 자식들 덕분에 부러움을 가장 많이 받으신다.

3. 형제자매

결혼하지 않으셨거나 자녀가 없는 경우에는 형제자매가 보호자가 되기도 한다. 우애 좋은 형제자매가 살뜰하게 보살피기 때문에 찾아오지 않는 자식보다 가까운 형제가 낫다고 생각한다.

보호자가 없는 할머니가 계셨다. 할머니의 공식적인 보호자는 먼 친척이었다. 다른 분들의 침상에는 항상 간식이 놓여 있었지만 나는 할머니의 침상에서 간식을 본 적이 한 번도 없다. 할머니는 허공을 응시하며 혼자 중얼거리시고, 가끔 상황에 맞지 않는 말씀을 하셨다. 어느 날 회진하러 가니 할머니는 인형을 하나 안고 계셨다. 같은 병실 환자분이 임종하시며 버려진 인형이었다.

영맘 어르신, 안녕하세요.

할머니 (인형을 바라보며) 안녕! 언니한테 인사해야지.

영맘 그런데 얘는 누구예요?

할머니 누구긴 누구야? 우리 아기지.

영맘 이름이 뭐예요?

할머니 아직 너무 어려서 이름이 없어.

할머니는 작은 인형을 품에 안고는 뺨을 비비기도 하고, 이불을 덮어주기도 하고, 내가 가면 “언니에게 인사 안 하고 버릇이 없다!”라며 버럭 야단을 치기도 하셨다. 그러고는 “우리 아기가 어려서 아직 예의를 모른다.”라며 양해를 구하셨다. 허공만 응시하고 흐려지던 할머니의 눈빛은 인형을 품에 안으신 후부터 따뜻하고 행복하게 변해 있었다. 인형은 할머니의 보호자였다.

보호자. 보호자란 사전적으로 ‘어떤 사람을 보호할 책임을 가지고 있는 사람'[7]을 뜻한다. 이런 보호자는 요양병원 환자들에게 매우 중요한 존재다. 병원비를 내고, 간식과 물품을 보내고, 외진 시 동행하는 현실적 필요뿐 아니라, 치료의 영역에서도 보호자의 선택과 결정이 필요할 때가 있다. 보호자가 없거나 그 역할을 제대로 하지 않는 경우 의료진 역시 난감해진다. 그리고 무엇보다 보호자의 존재는 환자의 정서적 지지와 안정에 절대적 역할을 한다.

그런데 이렇게 중요한 보호자가 미래 사회에는 점점 사라질 전망이다. 2021년 인구주택총조사[8]에 따르면 총인구수는 줄어드는 반면, 가구 수는 오히려 분화되며 증가하였다. 그중 1인 가구는 전체 가구 중 33.4%를 차지했으며, 60대 1인 가구는 1년 새 13.2%로 급증하였고, 65세 이상 고령의 1인 가구도 10%가 늘었다. 또한 노인 독거 가구, 노인 부부 가구 등 노인 단독 가구는 꾸준히 증가했지만, 자녀와 동거 가구는 대폭 감소하였다. 자녀와 동거를 희망하는 비율도 지속 감소하고 있어 향후 노인 단독 가구의 비중은 계속 증가할 것으로 예상된다.

연세 드신 부모를 자녀가 반드시 부양해야 한다는 전통적 인식도 변하고 있다. 과거에는 독거노인을 사회 문제로 바라보았지만, 현재에는 보편적인 현상으로 자리 잡고 있다. 자녀는 부모의 부양을 필수가 아닌 선택으로 생각하고, 신세대 부모 역시 자식과 동거하기를 바라지 않는다.

비혼 인구도 늘어나고 있다. 통계청이 발표한 '2021년 혼인/이혼 통계'[9]에 따르면 2021년 혼인 건수는 19만 3천 건으로 혼인 통계 작성 이후 역대 최저치이며, 2012년 이후 연속 감소 추세다. 치솟는 집값, 취업난, 결혼에 대한 인식 변화 등으로 비혼 인구가 증가하는 사회적 흐름에 코로나까지 겹치면서 혼인 건수는 더욱 줄어들었다.

어렵게 혼인하더라도 경제적 불안정, 양육 부담 등 다양한 이유로 대한민국의 출산율은 세계 최저이다. 정부의 출산 대책에도 불구하고 출산율은 해마다 최저 기록을 경신하고 있다. 노인을 부양할 수 있는 청년 인구의 수가 줄고, 혼인과 출산율까지 세계 최저 수준이면, 미래 대한민국의 노인들은 보호자가 되어줄 자녀가 없게 된다.

결혼하여 자녀를 낳는다고 해도 백세시대 평균 수명의 연장은 자녀보다 부모가 더 오래 살 수도 있다는 비극을 낳기도 한다. 나도 가끔 요양병원에 모자가 함께 입원하시는 것을 본다. 현재 90대 여성은 일찍 결혼하여 10대 후반~20대 초반에 출산했으므로 자녀들 역시 고령의 노인이다. 더 안타까운 것은 자녀가 먼저 세상을 뜨고 그 사실을 모른 채 어머니 혼자 병원 생활을 하는 경우다. 안타깝지만 의학의 발전으로 수명이 늘어난 만큼 자식이 사망한 후 홀로 남겨진 백 세 부모도 늘어날 것이다.

2030년 우리나라는 세계 1등의 장수 국가가 된다고 한다.[10] 그러나 실질적인 준비가 부족한 상태에서 맞는 백 세 수명에 축포를 터트릴 수는 없다. 위에서 제시한 여러 가지 이유로 미래 세대의 노인은 보호자가 없는 노후를 준비해야 할지도 모른다.

노후 보장을 개인의 노력에만 맡겨 두지 말고 국가와 사회도 함께 고민해야 할 것이다. 보호자가 없는 노인도 안심할 수 있는 성년 공공후견, 노인의 자산을 보호하는 금융 제도 등 법적 제도를 정비하고 노인 요양 정책 전반의 공공성을 강화해야 할 것이다. 또한 취업, 혼인, 출산, 육아 등의 청년 문제와 간병, 부양, 빈곤 등의 노인 문제는 연결된 하나의 위기임을 인식하고 구성원 모두가 해결책을 모색해야 할 것이다.

즐거운 촌지

박사 할머니가 꼬깃꼬깃 접은 만 원짜리 지폐 두 장을 내미신다.

할머니　선생님, 이거 받아.

영맘　어르신, 이게 뭐예요?

할머니　추석인데 애기 내복이나 하나 사 입혀.

영맘　아! 아니에요. 괜찮습니다. 감사해요.

할머니　받아! 우리 아들이 주라 그랬어.

영맘　저는 환자한테 개인적으로 돈 받으면 안 돼요.

할머니　괜찮다니까. 그냥 내 성의야.

영맘　마음만 감사히 받겠습니다. 아기 내복 받은 것만큼 기분 좋아요.

언제나 유쾌하시고 목소리 큰 J 할머니의 별명은 '박사'이다. 나는 보통 일기를 쓰기 위해 마음속으로만 어르신들의 별명을 짓는데, J 할머니께는 여쭤보았다.

영맘　어르신은 모르시는 일이 없어요.

할머니　그럼. 궁금한 거 있으면 나한테 물어봐. 다 알려줄게.

영맘　어르신은 탐정 같아요. 뭐든 다 알고 계시니 박사 같기도 해요. J 박사님.

할머니　이왕이면 박사로 하자. J 박사. 듣기 좋구먼. 하하하.

할머니는 온종일 침상에 계심에도 누구보다 병원 일을 꿰뚫고 계셨다. 의사들의 근무 일정이며, 옆 병실 환자의 최근 건강상태와 헤어스타일이 바뀐 간호사의 근황까지. 한마디로 모르는 것이 없으셨다. 사교적이고 유쾌한 성격, 사람들과 교류하며 얻은 정보를 수집해 예리한 관찰력으로 순간순간을 포착하셨다. 박사 할머니에게는 환자의 우울감이 느껴지지 않았다.

영맘　많은 분이 우울해하시는데 어르신은 항상 유쾌하셔서 좋아요.

할머니　우울? 난 평생 우울증 같은 거 모르고 살았어.

영맘　정말 대단하세요.

할머니　지금은 이렇게 아파도 금방 일어나 걸을 거야.

박사 할머니는 다른 환자들과 달리 운동을 너무 많이 하셔서 무리하지 마시라고 권할 정도였다. 할머니의 에너지는 옆 침상 환자분들께도 전해져 회색빛 병실을 활기차게 바꾸어 주셨다.

모든 어르신이 박사 할머니와 같이 평생 우울증을 모르고 사신다면 정말 좋겠지만, 우리나라의 노인 정신 건강과 자살률은 심각한 상황이다.

보건복지부 2020년 노인실태조사에 따르면, 전체 노인 인구의 13.5%는 우울 증상을 가지고 있고,[11] 특히 85세 이상에서는 24.0%가 우울 증상을 호소한다. 또한 2021년 자살예방백서에 따르면 한국의 자살률은 인구 10만 명당 26.9명2019년 기준으로 OECD 국가 중 1위이다.[12] 자살률은 연령대가 높을수록 증가하여 60대는 33.7명, 70대는 46.2명, 80대 이상은 67.4명이다. 노인들이 자살을 생각하는 이유는 경제적 어려움이 가장 크고 다음으로 건강 문제, 가족 갈등 순이다.

은퇴 후 사회적 고립으로 인한 소외감, 가난과 질병으로 인한 무력감, 배우자나 친구의 사망으로 인한 상실감 등 심리적 고통이 노인 우울의 원인이다. 또한 노인의 신체는 감정에 관계된 신경 전달 물질이나 호르몬의 분비가 불균형하고, 노인성 질환 등으로 뇌가 손상되거나 뇌 기능 쇠퇴하여 우울증에 걸리기 쉽다. 노인 우울증은 소화가 잘 안되거나 몸이 여기저기 아프다는 등 신체적 증상을 호소하기도 하고 치매와 구별이 쉽지 않은 인지장애를 초래하기도 한다.

그런데 늘 쾌활하신 박사 할머니도 낯빛이 어두울 때가 있다.

영맘　어르신, 오늘은 왜 기운이 없으세요?

할머니　선생님, 나 속상해 죽겠어.

영맘　무슨 일 있으셨어요?

할머니　그게 말이지…

박사 할머니는 자신의 감정과 생각을 숨기지 않고 말씀하시는 스타일이다. 타인과 끊임없이 소통하는 정서 교류를 통해 부정적 감정을 털어내는 것이다. 요양병원은 여러 명이 생활하는 공간이지만 어르신들은 질병으로 인한 기력 저하와 의욕 저하로 스스로 주변과 단절하시는 경우가 많다. 신체적 노쇠와 사회적 노쇠가 함께 오는 것이다. 이러한 사회적 노쇠는 정신 건강을 위협하고 장애 위험을 증가시킬 뿐만 아니라 인지 기능, 영양 상태까지 영향을 미친다고 한다.[13] 실제로 노인의 사회 교류 빈도가 높을수록 노인 우울증의 위험이 줄어든다는 연구 결과도 있다.[14]

동료 어르신들과 의료진에게 쾌활한 안부를 전하며 적극적으로 자신의 의사를 표현하시는 박사 할머니를 볼 때마다 나는 응원과 박수를 보낸다. 울적하실 때도 몇 마디 나누면 이내 마음이 풀어지시며 언제 그랬냐는 듯 호탕하게 웃으신다. 병상의 노인 환자에게 우울감을 털어내는 것은 정말 어려운 일이다. 요양병원이라는 제한된 환경에서도 사회적 참여를 통해 그 어려운 일을 잘해내고 계신 박사 할머니께 엄지를 척 치켜드렸다.

오늘도 회진을 마치고 돌아서는 나의 인사에 박사 할머니께서 큰 소리로 말씀하셨다. "선생님, 내가 장어 사줄게. 같이 먹으러 가자. 언제 시간 괜찮아?"

따뜻한 커피 한 잔

남향의 창으로 오후 햇볕이 따뜻하게 내리쬐는 203호에 들어서자 향긋한 커피 향이 코끝을 휘감는다. "선생님, 커피 한 잔 드세요." 203호 간병사님께서 환하게 웃으며 커피를 권하신다. 마스크를 쓰고 진료를 보는 중에 함께 커피를 마실 수는 없지만, 들을 때마다 기분이 좋아진다.

많은 진료와 처치가 이루어지는 병원의 오전 풍경은 바쁘고 활기차며, 점심 식사 후의 오후 풍경은 나른하고 고요한 평화로움이 가득하다. 정적을 깨는 간호사 선생님의 카트 소리와 함께 한방 진료팀이 병실에 들어서면, 203호 간병사님은 커피 한 잔의 휴식을 잠깐 즐기시다가 우리를 반갑게 맞아주신다.

203호 간병사님은 조선족 출신으로 아주 자그마한 체구의 여성분이시다. 집에서 시아버님 한 분을 우리 부부 두 사람이 간병하는 것도 힘든데, 거동이 불편하고 자신보다 체구가 큰 어르신을 여러 명 돌보는 간병사님은 얼마나 고생이 많을까 싶다. 그러나 203호 간병사님은 항상 싱글벙글 웃으신다. 내게 커피를 권하실 때도, 환자의 기저귀를 갈아드릴 때도, 치매 환자가 모진 말을 할 때도 환한 웃음이 떠나지 않는다.

간병사님은 병세가 악화된 환자를 밤새 돌본 날에도 오전 회진을 기다렸다가 환자의 증세를 설명하며 치료를 부탁하셨다. "우리 간병사가 나 때문에 한숨도 못 자서 어떡해."라고 오히려 환자분이 걱정하신다. 서로를 돌보며 아끼시는 두 분을 볼 때면 '간병사님은 어르신의 따님 같구나.'라는 생각이 든다.

203호 간병사님의 단짝이신 204호 간병사님의 병실은 또 다른 분위기이다. 이곳은 마치 작은 식물원을 옮겨 놓은 듯 항상 상쾌하고 깨끗하다.

204호 간병사님의 취미는 화초를 키우는 일이다. 창가에 빼곡히 놓인 이름 모를 꽃과 다육 식물은 항상 생기가 넘친다. 화초를 예쁘게 키우는 일은 지극한 사랑이 필요하다. 작은 식물을 키우는 일에도 정성을 다하는 204호 간병사님은 어르신 돌봄에도 정성을 다하신다.

성격이 워낙 깔끔하셔서 병실을 깨끗이 청소하시는 것은 물론 환자들의 옷과 침상도 항상 깨끗이 정리정돈되어 있다. 꾸미기를 좋아하셔서 온갖 예쁜 종이 문양들을 오리고 붙여서 204호를 멋지게 꾸며 두셨다. 차가운 병실 벽만 바라보던 환자분 중에는 204호로 병실을 옮기고는 병세가 호전된 분도 계시다. 204호 간병사님의 활기찬 기운과 화초의 생동감이 어르신들께 생기를 불어넣는 것이 아닐까 생각했다.

불평 많은 환자도 204호 간병사님의 돌봄을 받기 시작하면서 불평이 사라지고 입이 마르도록 감사를 아끼지 않으신다. “어르신께서 복이 많아 좋은 분을 만나신 거예요. 예전에 좋은 일 많이 하셔서 그 일이 복이 되어 돌아온 것일지도 몰라요.”라고 말씀드리면 어르신은 고개를 끄덕이며 웃으셨다.

요양병원에서는 한 병실에 한 명의 간병인이 상주하며, 의료행위 외의 모든 돌봄을 수행한다. 간병을 해 본 사람은 이 간병 노동이 얼마나 힘든 일인지 잘 알 것이다. 환자의 곁에서 식사 준비와 보조, 기저귀 케어, 목욕 케어, 체위 케어를 할 뿐 아니라, 자잘한 심부름과 정서적 지지를 하는 등 간병인의 역할은 매우 크다. 그래서 환자에게는 좋은 의료진을 만나는 것 이상으로 좋은 간병인을 만나는 게 중요하다.

모든 간병인이 위의 두 간병사님처럼 좋은 분이면 좋겠지만, 꼭 그렇지는 않다. 극소수지만, 고발 프로그램에 나오는 것처럼 나쁜 간병인도 있다. 그냥 좋은 분도 있고, 안 좋은 분도 있다. 아무튼, 세상 살면서 좋은 사람만 만날 수는 없지만, 노후의 병실에서 좋은 간병인을 만나는 것이 큰 행운이라는 건 틀림없다.

노인 환자에게 간병인은 삶의 마지막 시간을 함께 보내는 가족과 같은 존재이다. 실제 혈육은 떨어져 살지만, 간병인은 한 병동, 한 병실에서 한 식당의 밥을 먹으며 생활한다. 아마 간병인과 사이가 불편하다면, 누운 병상이 가시방석처럼 느껴질 것이다.

의료진과 간병인은 아픈 환자를 돌보는 사람들이다. 이 일은 생계를 위한 직업이자 정신과 육체의 노동이 필요한 사회적 활동이다. 그리고 간병은 환자를 대하는 태도에 따라 단순한 밥벌이 이상의 의미를 지닌다. 노인 환자의 고단한 몸과 외로운 마음을 잘 읽고 정성을 다해 보살핀다면 직업의 사명감을 넘어 숭고하고 아름다운 인간애에 다다르는 길이 될 것이기 때문이다. 그러나 간병 서비스가 향상되려면 간병인 개인의 인격과 역량에 의존하기보다 제도적인 뒷받침이 있어야 할 것이다.

요양원은 국가 고시를 통과한 요양보호사를 의무 고용하는 반면, 요양병원은 그렇지 않다. 그래서 한국어 대화가 가능한 조선족이나 고려인 간병인을 고용하는 경우가 많다. 이런 외국인 간병인은 민간의 소개업체를 통해 취업하므로, 환자를 돌보기 위해 꼭 필요한 직무 교육을 받은 이가 드물다. 엄연히 국내 간병 인력의 부족한 자리를 메우고 있는 외국인 간병인의 취업과 교육을 위한 공적 시스템이 필요하다.

코로나로 외국인 간병인의 수급이 원활하지 못한 것도 문제다. 코로나 이후 자국으로 돌아가거나 원내 감염 공포로 일을 그만두면서 인력이 줄었다. 간병 수요는 증가하는데 공급이 원활하지 않으면 간병비가 상승한다. '진료비보다 더 무서운 간병비'라는 말이 현실이 되었다. 건강보험에서 지원받는 진료비에 비해 요양병원의 간병비는 환자가 100% 부담해야 하기 때문이다. 이제는 병원의 간병도 국가 제도권 내로 흡수하여 비용 절감과 인력 수급에 대한 체계적인 연구와 지원이 이루어져 간병비로 이중 고통을 겪는 환자의 부담이 경감되면 좋겠다.[15]

간병은 육체적 정신적으로 매우 힘든 노동이다. 코로나 사태 이후 보호자의 면회가 어려워지면서 간병인의 역할은 더욱 중요해졌다. 코로나의 집단 감염으로부터 환자를 보호하기 위해 고립될 수밖에 없는 요양병원의 병실에서 노인 환자의 손을 따뜻하게 잡아주시는 간병인들의 노고에 감사드린다.

예쁜 치매 vs 슬픈 치매

노인들이 가장 두려워하는 질병 중 하나가 치매이다. 중앙치매센터 통계에 따르면 2021년 2월 기준 국내 60세 이상 노인 가운데 치매 환자는 86만 3,542명으로 추정된다. 65세 이상 인구의 치매 유병률은 10.33%로 이는 노인 10명 중 1명은 치매라는 의미다. 또한 치매로 인한 사망률은 인구 10만 명당 2000년 0.3명에서 2020년 14.7명으로 증가했다. 20년 전보다 약 50배가 늘어난 수치이다.[16]

치매의 종류는 다양하다. 발생하는 시기로 분류하면 초로기 치매와 노인성 치매로 나뉘고, 원인으로 분류하면 우리가 흔히 알고 있는 알츠하이머병 이외에도 뇌졸중 등 뇌혈관질환으로 유발되는 혈관성 치매, 두부 손상으로 인한 외상성 치매, 파킨슨 등

퇴행성 질환으로 인한 치매, 알코올성 치매 등 매우 다양하다. 또한, 치매는 증상의 경중에 따라 경증부터 중증 치매까지 점수별로 단계가 나뉜다. 그러나 나는 비공식적인 나만의 분류법으로 환자의 표정을 보고 예쁜 치매와 슬픈 치매로 나눈다. 환자들의 치매는 대부분 슬픈 치매이다.

무감동, 무관심, 흐릿한 눈빛의 무표정한 치매
불안, 초조, 낙담의 우울한 치매
망상, 욕설, 폭력의 공격적 치매
슬픈 치매의 증상들이다.

의료진은 치매 환자를 진료하기 전, 반드시 환자의 인식 단계를 확인한다. 환자의 고유 정보를 확인하게 함으로써 혹시 모를 인식 오류로 인한 의료 사고를 방지하기 위함이다. 대개는 간단하게 환자에게 본인의 이름을 물어보는데, 나는 사라져가는 환자의 기억을 조금이라도 잡기 위해 이를 확인하기도 한다. 내가 환자를 인식하는 동시에 환자 본인에게도 자신을 인식시키기 위해서다.

종종 자신의 이름조차 기억하지 못하는 환자가 있다. 그러면 나는 이름을 가르쳐드리고 1분 후에 다시 여쭌다. 그래도 이름을 대답하지 못하는 경우가 많지만, 매일매일 그 과정을 되풀이한다. 다행히 자신의 이름을 기억한다면 다음 단계의 질문을 한다.

영맘 아들 이름은 뭐예요?

할머니 나는 아들 없어.

영맘 아들이 없어요? 저기 사진 속에 잘생긴 아들이 있는데. 이름이 뭐예요?

할머니 몰라.

영맘 ○○○

할머니 아! 맞다! 우리 ○○○.

아들딸의 이름을 또렷이 기억하고 대답하시는 환자에겐 최상 난이도의 질문을 한다.

영맘 어르신! 오백 원에다 삼백 원을 더하면 얼마예요?

할머니 칠백 원! 칠백 원 맞죠?

영맘 아! 아깝게 정답은 아니지만 가깝습니다.

할머니 아니야! 나 예전에 장사해서 돈 계산 잘해. 칠백 원 맞아!

정답을 맞히시지는 못하지만, 답을 계산하는 모습은 언제나 진지하다. 우리의 간단한 산수 놀이가 그분의 인지 저하 진행을 조금 더디게 해줄 수 있다면 더 바랄 게 없겠다.

그런데 치매의 모습이 100% 슬픈 건 아니다. 수년 전 함께 입원한 노부부가 계셨다. 할아버지는 남자 병실, 할머니는 여자 병실에 입원하셨는데, 할머니가 날마다 할아버지의 병실에 찾아가셨다. 할아버지는 의료진들에게는 친절하셨지만, 아내에게는 몹시 불친절하셨다. 그러다가 할아버지가 먼저 돌아가시고 할머니 홀로 병원 생활을 하게 되었다. 할머니는 그 후로 몇 년째 항상 똑같은 말씀을 되풀이하셨다.

할머니　나는 왜정 시대에 국민학교 나왔어요. 똑똑하다고 내가 반장 했어요.

영맘　우와! 어르신 대단하세요.

할머니　선생님이 내가 공부 잘한다고 공책도 주고 연필도 줍디다.

영맘　어르신, 그 꼬마 시절이 좋으셨어요?

할머니　응, 우리 아버지가 여자도 배워야 한다고 학교 보내 주셔서 참 좋았죠.

할머니의 활짝 웃는 얼굴에는 냉정했던 남편과 멀리 살아 자주 찾아오지 못하는 아들딸에 대한 기억은 지운 채, 가장 행복했던 유년 시절의 기억만 남아 있는 듯했다.

나는 나이 들어 치매에 걸리지 않게 노력할 것이다. 그러나 많은 기억을 잃게 된다면 인생에서 가장 좋았던 기억만 남기고 싶다. 어느 날 밤 침대에 누워 나 자신에게 물었다. "너는 가장 좋았던 시절이 언제니? 단 하나의 기억만 남는다면 언제를 기억하고 싶니?" 갑자기 눈물이 흘러내렸다. "난 지금이 제일 좋아. 꼬물거리는 내 아가의 손을 잡고 누워 있는 지금이 제일 좋아." 지금, 이 순간을 내 머릿속 가득 남기고 싶다.

노후 준비 三테크

요즘 사람들의 관심사는 주식, 부동산, 가상화폐이다. 코로나로 인한 경기 침체 우려에 풀린 막대한 유동성 자금이 주식, 부동산, 가상화폐에 몰려 가격이 치솟았기 때문이다. 그 후폭풍으로 인플레이션이 온다, 경기 침체가 온다, 하며 다들 촉각을 곤두세우는 모양새다. 여기에서도 돈, 저기에서도 돈, 다들 돈 이야기에 정신이 없다. 그리고 사람들에게 "왜 돈, 돈 하는가?"라고 질문하면 빠지지 않는 답이 '노후 준비'일 것이다. '노후 준비=재테크'라는 공식이 익숙하다면, 나는 여기에 요양병원에서 느낀 몇 가지를 추가하고 싶다.

1. 재財 테크

누구나 인정하듯 노후에 '돈'은 매우 중요하다. 백세시대, 운좋게 60대에 은퇴하더라도 백 살까지 살려면 40년을 더 살아야 한다. 흔히 꿈꾸는 은퇴 후의 삶은 여유롭게 여행을 다니며 여가 활동을 하고 친구들을 자주 만나는 모습일 것이다. 그런데 이렇게 행복한 노후를 보내려면 충분한 생활비가 필요하다. 여기에 조금 더 나이가 들어 아프기 시작하는 진짜 노후가 시작되면 돈은 더 필요해진다. 과거에는 자식이 부모의 노후를 책임졌지만, 오늘날에는 그렇지 않다. 요양병원에서 진짜 노후를 보내는 경우가 많아졌으므로 현실적으로 병원비, 간병비, 생활비가 필요하다.

현재 80~90대 노인은 자식이 부모를 봉양하는 것을 당연하게 생각해, 자식을 낳고 기르는 일을 노후 준비로 여긴 세대다. 또한 일제 강점기와 한국 전쟁을 거치며 궁핍한 삶을 살고 생존과 가족 부양에 치중하느라 경제적 노후 준비가 되지 않은 편이다. 그래서 대부분 자녀가 병원비를 감당한다. 이런 어르신들은 치료받기 전에 돈 걱정부터 하신다. "우리 아들이 나 때문에 고생한다.", "우리 딸에게 부담이 된다." 하시며 꼭 필요한 치료도 마다하신다. 그러나 자신의 통장이나 카드로 직접 결제하는 분도 계신다. 이런 분은 본인도 당당하고, 자녀들도 봉양에 부담을 크게 느끼지 않는다. 가능하면 건강하고 여유롭게, 독립적으로 생활하는 것이 좋겠다. 나중에 병들어 요양병원에 가게 되면 병원비, 간병비, 생활비를 해결할 수 있는 경제적 능력이 꼭 필요할 것이다.

2. 근筋 테크

노후에 돈보다 중요한 것이 있다면 그것은 '근육'이다. 돈이 부족하면 자식이 보탤 수도 있고, 그마저도 힘들다면 나라에서 복지 지원을 받는 방법도 있지만, 근육이 부족하면 걷지 못하고, 스스로 화장실에 가지 못한다. 급한 볼일을 남이 대신 봐 줄 수도 없는 노릇이다.

요양병원에서는 환자를 크게 '걸을 수 있는 환자'와 '걸을 수 없는 환자'로 나눈다. 화재 등 위급 상황 시 신속한 대피를 위해 실제로 환자 카드의 이름 옆에 보행 여부를 기재한다.

보행은 일상생활에서도 매우 중요하다. 내 다리로 걸어서 화장실에 가고, 스스로 대소변을 해결할 수 있는 능력이 인간의 자존심을 지키는 데 매우 중요한 역할을 하기 때문이다. 젊고 건강한 우리에게는 걷는다는 것이 특별하지 않지만, 침상에 누운 이들에게는 단 한 번만 서서 걸어보는 게 내일 죽어도 여한이 없는 소원이다.

강철로 만든 기계도 백 년을 쓰기 힘든데 하물며 사람의 관절과 근육을 백 년 동안 건강히 쓸 수 있을까. 관절과 근육 건강을 지키기 위해서는 젊은 시절부터 운동과 관리를 통한 남다른 노력이 필요하다. 척추 관절증, 무릎 관절증, 어깨 관절증, 손목 관절증, 수지 관절증, 족지 관절증… 요양병원 환자의 상병명에 관절 병증이 없는 환자는 거의 없다. 수십 년 열심히 산 세월의 흔적이 관절 곳곳에 그대로 남아 있다. 배고프고 힘든 시절을 살아오신 어르신들은 강도 높은 노동으로 관절이 다 닳아 무릎이나 허리에 수술 흉터가 없는 분이 드물다. 그러나 관절이 상해도 근육이 튼튼하다면 근육이 관절을 잡아주어 조금 더 건강한 노후를 보낼 수 있다. 또한 당뇨와 고혈압 등의 대사 질환 관리에도 근육은 중요한 역할을 한다.

할머니들에겐 미모를 칭찬하는 것보다 근육을 칭찬하는 것이 더욱 의미가 있다. 청순가련해 보이는 날씬한 체격은 20대에겐 예쁠지 몰라도, 80대에겐 골다공증과 근감소증을 불러오는 부실한 체격일 뿐이다. 미래의 할머니인 나도 허벅지와 팔뚝, 그리고 허리의 근육을 지금도 상당히 두껍지만 단련하여 더 두껍고 단단하게 만들어야겠다.

3. 심心 테크

몸의 건강도 중요하지만, 가장 중요한 건 마음 건강이다. 늙고 병들어 몸은 말을 듣지 않아도, 마음은 끝까지 내 말을 들어주어야 하기 때문이다. 죽을 때까지, 소위 말하는 '정신 줄'을 꽉 붙들어야 한다. 편안한 노후를 보내기 위해서는 반드시 마음 수련이 필요하다. 마음 수련의 방법은 사람마다 다르다. 할머니들의 히어로 임영웅의 트로트를 즐겁게 따라 불러도 좋고, 독실한 기독교 신자처럼 성경을 필사해도 좋고, 그림을 그리거나 사진을 찍는 창조적인 취미도 좋다고 생각한다. 가톨릭 신자인 내가 주력하는 심 테크는 묵주 기도이다.

묵주 기도에 대한 나의 믿음은 아주 어린 시절부터 시작되었다. 방학 때 시골 외갓집에 갔을 때, 외할머니는 괘종시계가 열두 번 울리면 어김없이 일어나 길고 긴 묵주 기도를 하셨다.

어린 영맘 할머니, 기도는 왜 해?

할머니 예수님, 성모님한테 소원 빌려고.

어린 영맘 할머니 소원이 뭔데?

할머니 너희 엄마가 아들 낳는 것.

그 후로도 10년 넘게 외할머니는 엄마의 득남을 빌고 또 빌었고, 결국 엄마는 마흔에 늦둥이 아들을 낳았다. 남아를 선호하는 외할머니께 매우 서운했지만, 덕분에 청원을 들어주신다는 묵주 기도의 위력을 알게 되었다.

사심 가득한 기복 신앙으로 시작했던 나의 묵주 기도는 어느새 일상생활의 일부분이 되었다. 머리가 좀 쉬고 있는 시간에는 어김없이 눈을 감고 속으로 가만히 성모송을 바친다. 잠이 오지 않는 밤에 침대에 누워 복식호흡과 함께 묵주 기도를 하면 일석삼조의 혜택도 주어진다. 수면에 도움이 되는 의료적 효과, 호흡을 통해 마음이 편안해지는 명상의 효과, 하루를 기도로 마무리하는 종교적 효과가 바로 그것이다. 그러나 성모송을 묵상하는 가장 큰 이유는 삶의 마지막 순간을 준비하는 비장의 카드이기 때문이다.

은총이 가득하신 마리아 님 기뻐하소서.
주님께서 함께 계시니 여인 중에 복되시며
태중의 아들 예수님 또한 복되시나이다.
천주의 성모 마리아님, 이제 와 저희 죽을 때
저희 죄인을 위하여 빌어주소서.
아멘.

신의 운명

나는 불교 집안인 친가와 가톨릭 집안인 외가에서 성장해, 기독교 재단 유치원과 학교를 나왔다. 그래서 불교, 가톨릭, 기독교의 교리와 문화 모두 친숙한 편이다. 또, 여러 종교의 성직자들이 서로 존중하는 마음으로 교리에 대해 대담하고, 사회 문제에 대해 한목소리를 내며 제 역할을 다하는 모습을 볼 때면, 다양한 종교가 평화롭게 공존하는 우리나라가 참 좋은 나라라는 생각을 한다.

요양병원에서도 어르신들의 종교 활동은 계속된다. 코로나 이전에는 일요일마다 병원 강당에서 목사님이 주일 예배를 진행하셨고, 근처 성당에서 신부님과 수녀님이 주기적으로 방문해 병자 성사하시기도 했다. 불교 신자이신 어르신을 위로하며 스님과 불자분이 면회 오기도 했다.

A 할머니는 침상에서 누운 채 몸을 잘 움직이시지 못하셨다. 그래서 회진하러 가면 늘 시간을 물어보셨다. 병실 문 옆에 걸린 커다란 시계를 쳐다보기 위해 몸을 돌리는 것조차 쉽지 않았기 때문이다. 그러다가 오후 세 시가 되면 할머니는 반야심경을 외우셨다. 편찮으시기 전에는 매주 절에서 큰 스님의 법문을 듣고 불경 공부를 하셨다고 한다.

영맘　어르신, 매일 기도하시는 이유가 있어요?
할머니　그저 자손들 잘되라고 기도하지요.
영맘　어르신 기도 덕분에 다 잘 지내시나 봐요.
할머니　이 어미가 자식 위해 줄 수 있는 게 기도밖에 없어요.

나는 가끔 침 치료를 하면서 할머니께 반야심경을 외우라고 말씀드린다. 유침 시간침을 맞고 유지하는 시간에 가만히 계시기보다 기도를 하면 마음이 더 편안하실 것 같아서다. 반야심경의 뜻은 잘 모르지만, 할머니가 나지막이 읊는 기도 소리를 들을 때면 나의 마음도 평안해진다.

B 할아버지는 독실한 기독교 신자시다. 휠체어를 타고서도 일요 예배에 꼭 참석하셨다. 내가 병실에 들어서면 할아버지는 병상에 앉아 큰 활자의 어르신 성경책을 읽고 계셨다.

영맘　어르신은 뵐 때마다 공부하시네요.

할아버지　말씀 공부는 평생 해야지요. 성경 전체를 필사해서 교회에서 상도 받았지.

영맘　와! 대단하세요. 저는 꾸준히 읽는 것도 어려워요.

할아버지　나는 읽고 쓰고 외우기도 하지요. '시편'을 제일 좋아해.

할아버지는 병실 벽에 주기도문과 성경 문구를 적은 종이를 붙여 놓으셨다. 일요 예배의 목사님이 주신 선물이라고 하셨다. 성경도 자주 읽고 찬송가도 부르며 활기차게 생활하셨다. 그러나 올겨울부터 기력이 약해져 늘 누워만 계신다. 수년간 진료하던 나조차 잘 알아보지 못하시고, 자식들이 전화하고 면회를 와도 알아보지 못하신다. 하지만 주기도문은 한 글자도 틀리지 않고 기억하신다. 생의 마지막 끈처럼 꼭 붙잡고 놓지 않으셨다.

C 할아버지는 내가 회진할 때면 항상 수첩에 무언가를 적고

계셨다. 수첩을 다 쓰면 침대 옆에 세워 둔 종이 상자에 글을 쓰셨다. 나는 할아버지께 양해를 구하고 작은 글씨로 빼곡히 써 내려간 긴 글을 읽어보았다. 그날 있었던 일, 살면서 들었던 명언, 자신과 가족을 향한 당부 등이 적혀 있었고, 그 글에는 반드시 병을 치료하고 말겠다는 의지과 희망이 가득했다. 할아버지에게 글쓰기는 자신을 향한 기도와 같았다. 나는 일기를 쓰려고 사 두었던 공책 한 권을 할아버지께 선물했고, 기뻐하시던 모습에 내 마음도 기뻤다.

요양병원의 근무에서 알게 된 또 하나의 사실은 노후의 병상에는 기도가 끊이지 않는다는 것이다. 어떤 종교를 믿느냐, 종교가 있느냐 없느냐를 떠나서 삶의 의미를 찾기 위한 감사와 축원, 평화의 기도들이다.

오래전 인터넷에서 〈하느님은 삼등〉[17]이라는 글을 읽은 적이 있다. 나 역시 하느님을 내 삶에서 서너 번째 자리 즈음에 모셔 놓았기에, 그 글을 읽고 마음을 들킨 것같이 부끄러웠다. 특히 좋은 일이 있을 때 하느님을 뒷전에 밀어둔다. 먼저 혼자서 가장 기뻐하고, 그다음 주변 사람들과 함께 기뻐하고, 밤에 누워서 잠자리에 들 때쯤에야 하느님이 생각나서 뒤늦게 짧은 감사의 기도를 드린다. 그런데 또 슬플 때는 가장 먼저 하느님을 찾는다. 좋을 때는 생각도 나지 않던 하느님을 슬플 때 찾아 울고불고 매달리며 기도한다. 이런 이기적인 신앙생활을 신부님께 고백했다.

신부님　괜찮아요. 죄책감 느끼지 말아요. 그건 어쩌면 하느님의 운명이야. 그리고 언젠가 자매님의 인생에서 하느님께서 일등 되시는 날이 올 겁니다.

젊은 날 우리는 재물, 명예, 지식 등 세상의 것을 추구하는 데에 집중한다. 그것들을 추종하느라 정작 중요한 건강이나 가족을 잘 돌보지 못하는 경우도 많다. 그러나 아무리 돈이 많고 사회적 지위가 높은 사람도, 죽음의 순간에는 모든 것을 내려놓아야 한다. 명품 장인이 만든 환자복을 입고, 슈퍼카 회사에서 만든 구급차를 타고, 최고의 종합병원 VIP 병실에 누워있다고 해서 죽어가는 몸을 살릴 수는 없다.

부자도, 빈자도, 높은 자도, 낮은 자도 누구나 예외 없이 노후와 죽음을 맞이한다. 세상 마지막 날까지 욕망과 집착으로 만족하지 못하는 것보다 자신의 건강을 살피며 소중한 이들과 한 번 더 웃고 사랑을 나누는 것이 훨씬 행복할 것이다. 그리고 죽음이 가까워진 생의 끝자락, 침대에 누워 할 수 있는 가장 큰 위안은 신께 온전히 자신을 의탁하는 기도일지 모르겠다.

언젠가 하느님께서 일등이 되시는 그날이 오는 것이다.

웰다잉, 고종명

영맘 어르신, 새해 복 많이 받으세요.

할머니 선생님도 새해 복 많이 받아요.

영맘 감사합니다.

할머니 나는 이제 받을 복은 죽을 복밖에 없소. 자식 고생 그만 시키고 내일이라도 자던 잠에 죽는 것이 소원이에요.

나의 의례적인 새해 인사에 할머니는 비장함을 가득 담아 답인사하신다. 생의 마지막 경계에 가까이 서 있는 요양병원에서 '죽음'이라는 화두는 젊은 한의사에게 언제나 조심스럽다.

사람은 모두 언젠가 죽는다. 그러나 죽음을 염두에 두고 사는 이는 드물다. 잠자리에 누워 내일이 오지 않을 수 있다고 생각하며 잠드는 사람은 거의 없을 것이다. 나 역시 요양병원이라는 직장에 다니지 않았다면 죽음에 대해 생각해 볼 기회가 없었을 것이다. 타인의 늙음, 병듦, 죽음을 지켜보면서야 '나의 죽음, 그 순간은 어떨까?'라는 생각을 하게 되었다. 그리고 가끔은 머리를 절레절레 흔들며 애써 내 죽음의 장면을 지웠다. 남겨질 가족들을 생각하니 죽음을 몇 초 떠올리는 것조차 울컥하는 마음이 들었기 때문이다.

그러나 부정하고 회피한다 한들 죽음을 피할 수 있겠는가. 삶의 시작인 탄생이 중요한 만큼 그 마무리인 죽음 역시 중요할 것이다. 일생일대의 사건 죽음, 더는 그 사건의 관찰자가 아닌 주인공이 되었을 때 어떤 모습으로 맞이해야 할까?

나는 웰다잉Well-dying, 좋은 죽음을 맞고 싶다. 바라는 모습대로 죽음을 맞이할 수 있다는 마음으로 감히 죽음의 순간을 상상해본다.

동양 고전 《서경》에는 인생의 바람직한 조건으로 오복五福을 제시했다. 첫째는 수壽, 오래 사는 것이요. 둘째는 부富, 부자가 되는 것이며, 셋째는 강녕康寧, 육체적인 건강과 정신적 건강을 바라는 것이다. 그리고 넷째는 유호덕攸好德, 선행을 베풀어

덕을 쌓는 것, 마지막이 고종명考終命, 깨끗한 죽음을 맞이하는 것이다.

내가 꿈꾸는 복된 죽음, 고종명은 '노화에 의한 자연사'이다. 이왕이면 백 살까지 살고 싶다. 내가 노인이 될 50년 후에는 백 세를 사는 것이 장수가 아닌 보편적인 수명이 될 것이다. 세상사 힘들다고 울고불어도 남들 사는 만큼은 살아야 여한이 없겠다. 인생의 희로애락을 두루 겪으며 백 살까지 생존하고, 충분한 노인의 시간을 통해 몸과 마음의 준비를 한 후 자연스러운 죽음을 맞이하고 싶다.

어르신들은 자던 잠에 죽고 싶다는 말씀을 자주 하신다. 자신도 고통이 없고, 보호자도 고생하지 않기를 바라는 마음에서다. 그러나 돌연사보다는 며칠에서 몇 달 정도 조금씩 앓다가 죽는 것이 조금 더 좋은 죽음일 것이다. 어느 날 아침, 방 안에서 갑자기 돌아가신 부모를 발견한 자식은 얼마나 큰 충격을 받겠는가? 마지막 장소가 집이 아닌 요양병원의 병실이라도 간병인, 의료진, 주변 환자들을 놀라게 하며 죽고 싶지 않다. 조금씩 아프면서 자신이 서서히 죽어가고 있다는 것을 자각할 수 있고, 소중한 이들에게 마지막 인사와 유언을 남기는 등 죽음의 준비를 할 수 있는 시간이 있었으면 한다.

그리고 점점 신체의 기능이 사그라질 때 그것을 억지로 연장하려는 노력을 기울이고 싶지 않다. 그럭저럭 백 년을 견뎌준 내 몸에 감사하며 편안한 휴식을 주고 싶다. 소화 기관이 더는 일을 못 하겠다고 하면 서서히 곡기를 끊고, 호흡 기관이 도저히 더는 안 되겠다고 하면 자가 호흡을 할 수 있을 때까지만 숨을 쉬겠다. 의식이 있는 마지막 순간, 신께 감사드리고 눈을 감고 깊은 잠에 빠져들 것이다. 행복했던 삶의 추억, 타인의 삶을 위해 노력했던 선행과 함께 미소를 띠며 죽음을 마주하겠다. 천천히 호흡이 얕아지고 의식이 없는 상태가 이어진 후 고요히 숨이 멎는다.

소박하지만 장례식도 치르면 좋겠다. 자식은 엄마가 살아 있는 동안 최선을 다해 돌보았으니 '이제 비로소 간병 노동이 끝나는구나.'라고 생각하며, 부디 편한 마음으로 배웅하길 바란다. 장례식에서 크게 울면 불효자, 조금 울면 효자라는 요샛말에 공감한다. 나의 죽음에 후회나 아쉬움이 없는 자손과 지인들이 모여 화기애애한 장례식이 되면 더 바랄 것이 없겠다.

죽음의 순간을 상상하다 보니 어떻게 좋은 죽음을 준비해야 할지, 앞으로 남은 생을 어떻게 살아야 할지가 조금 더 명확해진다. 죽음의 이야기는 결국 삶의 이야기로 귀결된다.

우리는 삶 속에서 때때로 죽음을 예습한다. 심한 질병에 걸려 생사를 넘나들거나 사랑하는 이와 영영 이별하거나 누군가와 상처를 주고받으며 죽도록 미워한다. 그러나 인생에는 질병, 이별, 증오만 있는 것이 아니라 행복, 만남, 사랑도 있다. 즐거움의 시간도 고통의 시간도 충실히 살아내며 하루하루 최선을 다한다면, 죽음의 순간 후회 없이 지난 생애를 만족할 수 있지 않을까?

영화나 소설처럼 사후에 신을 만나 삶에 대해 평가를 받는다면 '너는 이웃을 위해 한 일이 너무 적어 선행 통장이 텅텅 비었다'는 말씀을 들을까 부끄럽다. 타인의 삶에 기여하고, 미워하는 이를 용서하고 화해한다면 죽음의 순간이 더 평안하지 않을까?

내 몸과 마음을 백 년 동안 별 탈 없이 견딜 수 있게 잘 돌보고, 정성을 다해 사랑하는 사람들과 하루하루 행복하게 살아야겠다. 이웃을 위한 기부와 나눔 통장의 잔고가 비기 전에 얼른얼른 채우고, 나에게 상처 주어 오랫동안 미워했던 이들도 이제는 용서해야겠다.

결국, 좋은 죽음은 좋은 삶의 다른 이름이다.

50년 후의 내 모습

나는 90년대에 중·고등학생인 사춘기 시절을 보냈다. 그리고 그 시절을 신해철과 무한궤도, 넥스트와 함께했다. 종일 미니 카세트를 품에 넣고 노래를 흥얼거리며 테이프가 늘어질 때까지 열심히 들었다. 대학생 때는 힘들게 아르바이트해서 번 돈으로 음악 CD를 사는 소소한 행복을 누렸다. 어느덧 어린 소녀는 30년 넘는 세월을 신해철과 함께한 아줌마 팬이 되었다.

신해철의 팬들은 그의 어떤 면모를 좋아했을까? 항상 새로운 것을 시도한 실험적이고 독창적인 음악, 사회 문제에 목소리를 내고 비판적인 시각으로 참여했던 용기, 날카로운 독설 속에 숨겨진 따뜻한 인간성… 시대를 주름잡은 그의 매력은 너무나 많지만, 나는 그의 노랫말을 좋아했다. 프로그레시브 록이니 일

렉트로니카니 하는 어려운 음악 용어에 대해서는 잘 몰라도, 현란 악기 소리 속에서 외로운 독백처럼 읊조리는 자아와 존재, 삶과 행복의 이야기는 나의 일기를 들춰보는 듯했다.

초창기 앨범인 1989년 〈무한궤도〉와 1991년 〈myself〉를 가장 좋아한다. 삶을 성찰하는 '우리 앞의 생이 끝나갈 때', 대학가요제 대상 곡 '그대에게', 마음속 소년에게 고백하는 '나에게 쓰는 편지', 노후를 고민한 '50년 후의 내 모습', 불후의 명곡 '재즈카페', 인생길의 고비마다 듣는 응원가 '길 위에서'… 모든 수록곡이 신해철의 노래이자 김영맘, 나의 노래이다. 사춘기 소녀에게 신해철의 음악을 듣는다는 것은 자아의 성장을 쓴 《데미안》을 읽는 것과 같았고, 지친 마음을 위로하는 영혼의 비타민을 먹는 것과 같았으며, '너는 잘해 낼 수 있을 거야.'라는 선배의 격려를 듣는 것과 같았다.

질풍노도의 시기, 방 안에 틀어박혀 몇 시간씩 그의 노래를 들을 때면 나는 한 가지 물음이 떠올랐다. '신해철은 왜 이렇게 어른이 되는 것을 두려워한 걸까?'

나는 하루라도 빨리 어른이 되고 싶었다. 아침 일찍 일어나 밤늦게까지 야간 자율 학습을 하지 않아도 되는 어른이 되고 싶었다. 어른이 되면 돈도 벌고, 예쁜 옷도 사 입고, 여행도 다니고, 연애도 하고… 신나고 멋진 페스티벌이 기다리고 있을 것 같았다.

그토록 기다리던 스무 살이 되었다. 어른이 되었음을 축하하는 팡파르 대신 IMF라는 폭탄이 터졌다. 대한민국은 엄청난 고통을 겪었고 우리 가정도 그 회오리바람을 피할 수 없었다. 나는 평일 낮에는 학교에 다니고, 밤과 주말에는 아르바이트를 했다. 그 시절 소원은 일요일에 온종일 쉬어보는 것이었다. 주말에 아침 일찍 일어나 아르바이트하러 가야 하는 어른의 삶은 무척 고단했다. 서른이 되고 싶었다. 서른이 되면 안정적인 직업과 결혼 생활을 하고 있으리라 기대했다.

서른이 되었다. 남들보다 늦게 졸업하여 서른 살에 사회 초년생이 되었다. 일터가 생겼다는 기쁨도 잠시, 부모님과 학교라는 울타리를 벗어나 차가운 현실로 내동댕이쳐진 기분이었다. 또래의 동료들은 능숙하게 자기 일을 해내는데, 나는 업무와 인간관계 모든 게 서툴렀다. 나무라는 듯한 주변의 시신과 자괴감에 늘 움츠러들었다. 마흔 살이 되고 싶었다. 그때가 되면 좀 더 노련해지겠지.

마흔이 되었다. 취직도, 결혼도 늦었던 나는 마흔 살에 출산하여 엄마가 되었다. 사회생활을 하며 겨우 익힌 눈치코치는 밤낮을 가리지 않고 울어대는 갓난아기에게 통하지 않았다. 육아는 극도의 행복감과 극도의 피로감을 동시에 경험하는 고난도의 신세계였다. 편찮으신 부모님을 간병하며 자식의 도리를 지키는 일 또한 무척 힘겨웠다.

정신없이 살아가던 나의 인생길 위에서 문득 오래전 들었던 신해철의 음악이 떠올랐다. 그의 노랫말처럼 한 아이가 어른으로 성장하는 과정은 두렵고 어려운 선택의 연속이었다. 겁먹은 채 웅크리고 있는 내면의 나와 마주할 때면 끊임없이 "지금 잘살고 있니?"라는 질문을 하며 그 답을 찾으려 애썼다. 그때마다 신해철의 아름다운 음악들은 언제나 나를 위로하고 격려해주었다.

"이 봐, 친구! 너무 걱정하지 마. 노래 속 신해철도, 그 노래를 듣고 있는 사람도, 이 세상 대부분 사람이 다 그렇게 방황하며 살아가. 너만 그런 게 아니야. 자신을 성찰하며 고민한다는 건 이미 잘살고 있다는 말이야. 중요한 건 지금 당장 행복하게 살아야 한다는 거야. 세상 사람들 모두는 행복하게 살 권리와 의무가 있어."

가수와 팬으로 함께 나이 들어가며 오랫동안 사랑할 수 있을 줄 알았는데, 그는 갑작스럽게 죽었다. 그 죽음 앞에서 많은 이가 망연자실했다. 부고를 알리는 뉴스를 보면서 내 눈과 귀를 믿을 수가 없었다. 음악과 함께 했던 소중한 소녀 시절을 송두리째 잃어버린 마음이었다. '50년 후의 내 모습'[18]이라는 곡처럼, 그의 50년 후 나이 든 모습을 팬들이 볼 수 있었다면 얼마나 좋았을까? 가사처럼 늙고 초라한 모습의 신해철이었어도 우리는 충분히 사랑했을 것이다. 〈myself〉, 당시 20대 청년이었던 신해철은 무엇을 계기로 50년 후 자신의 모습을 생각해 보았을까? 그도 나처럼 가까이에서 노후를 바라보며 미래에 대해 고민할 계기가 있었던 걸까? 인생의 생로병사는 철학의 가장 궁극적인 화두일 것이다. 철학도이자 음악가였던 젊은 날의 신해철이 노후를 진지하게 고민하고 남겨준 노래를 들으며 나도 50년 후의 삶을 상상한다.

노후를 지나 죽음의 순간을 상상할 때면 또 다른 명곡 '우리 앞의 생이 끝나갈 때'[19]를 듣는다. 우리는 무엇을 찾아 이 세상에 왔는지 그 해답을 찾기 위해 홀로 걸어가다 보면 언젠가 생의 마지막 순간을 맞이하게 될 것이다. 그때 누군가가 귀에 대고 작은 목소리로 "지나간 세월에 후회가 없나요?"라고 물어볼 때 "네!"

자신 있게 말할 수 있는 인생을 살아야 한다고 노래하고 있다.

누구나 죽음을 맞는다는 것을 알고 있으면서도 모두 영원히 살 것처럼 애써 외면한다. 그 순간이 언제 닥칠지 또 어떤 모습일지 알 수 없지만, 용감하게 죽음을 직시하고 우리 앞에 놓인 시간의 유한함을 깨달을 때, 비로소 오늘을 더욱 소중하게 여기며 후회 없이 살 수 있다고, 신해철은 알려 주었다.

삶의 길에서 방황하던 나에게 아름다운 노래로 인생을 가르쳐주셨던 나의 친구, 나의 스타, 나의 음악가… 이제는 손닿을 수 없는 먼 하늘에서 영원한 별이 되신 신해철 님의 안식과 평화를 위해 조용히 기도드린다.

의욕과 집착

영맘　아이비가 참 잘 자라네요.

할머니　그럼, 내가 얼마나 정성을 다해 가꾸는데.

어르신의 침대 옆 창가에 아이비가 화분 가득 소담스레 자라고 있었다. 생기로운 초록의 생명을 물끄러미 바라보시던 할머니가 예쁘게 화장한 얼굴로 나를 반겨주신다. 이른 시간 오전 회진 때마다 병상 위에서 곱게 단장 중인 아이비 할머니를 뵙는다. 평생 해 오신 듯 자연스러운 얼굴 화장과 멋스러운 반백의 헤어스타일, 환자복 위 꽃무늬 점퍼를 입으신 모습이 화사하다.

영맘　아침부터 화장하시고 부지런하세요.

할머니　나는 하루도 화장 안 한 적이 없어.

영맘　저는 귀찮기도 하고 마스크도 쓰고 하니 화장 잘 안 해요.

할머니　그러면 안 돼요. 한 살이라도 젊을 때 열심히 가꿔야지.

아이비 할머니는 자신을 예쁘게 가꾸는 일뿐만 아니라 질병을 치료하는 일에도 적극적이시다. 병상 옆 선반에는 갖가지 건강보조제가 쌓여 있고, 건강 상식을 알려주는 TV 프로그램을 매일 보며 필기도 하신다. 언제 수술하면 좋을지, 무슨 시술을 받으면 좋을지, 어떤 보약과 음식을 먹어야 기운이 날지를 궁금해하시고, 지나가는 의료진을 붙잡고 자신의 상태를 호소하며 빨리 낫게 해주길 바라신다. 또 그 처치가 성에 안 차면 큰소리로 싸우기도 망설이지 않으신다. 기대만큼 차도가 없으면 '모조리 돌팔이'라며 과격한 언사로 비난하셨다.

이런 할머니의 소동에 지친 같은 병실 환자들은 "욕심 사나운 욕쟁이 할망구"라며 아이비 할머니를 흉보았다. 그렇게 어느새 아이비 할머니는 병동에서 가장 까다롭고 대하기 곤란한 환자로 낙인이 찍혔다.

젊은 환자가 치료에 적극적이면, 삶에 대한 의지가 투철하다며 그 노력에 박수를 보낸다. 그러나 나이든 환자가 노화를 받아

드리지 못하고 애쓰는 모습을 보이면 '노욕이 지나치다'라는 표현을 한다. 자신의 몸이 나아지기를 바라는 마음은 매한가지일 텐데 왜 노인의 노력에는 조금 더 냉정한 걸까?

아이비 할머니도 대부분 어르신처럼 앞만 보고 살다가 문득 노인이 된 자신을 발견했을 것이다. 늙음과 병듦을 그저 남의 일이라 생각하다가, 갑자기 거울 속 노쇠한 자신과 마주했을 때는 몹시 당황하였을지도 모른다. 누군가는 노화를 자연의 섭리라며 담담히 받아들일 것이고, 누군가는 노약자가 된 자신을 서글프게 여길 것이며, 또 다른 누군가는 세월에 맞서 포기하지 않고 싸우는 쪽을 택할 것이다. 아이비 할머니는 중력을 거슬러 높은 벽을 기어오르는 담쟁이처럼 세월에 맞서 싸우기로 결심한 투사가 되셨다.

삶의 의욕을 잃고 우울해하시는 것보다 자신의 몸과 마음에 애착을 갖고 돌보는 게 더 좋다고 생각한다. 다만, 연세에 비해 젊고 아름답지만 비교적 건강함에 감사하지 못하고, 늘 짜증 섞인 신세한탄을 하시는 아이비 할머니의 시간이 안타까웠다.

오늘도 푸념하시는 할머니께 나는 "어르신의 병은 얼굴 주름이 생기거나 흰 머리카락이 나는 것처럼 나이 들어 생긴 변화이니, 노화와 질병을 자꾸 물리치려 하지 마세요. 병을 노후의 친구라 여기며 친해지려 노력하셔야 합니다. 이제는 병을 극복하는 것이 아니라 살살 달래며 살아야 해요."라고 말씀드렸다. 그리고 대꾸 없이 심드렁한 표정에서 나의 당부가 할머니의 오른쪽 귀로 들어가 왼쪽 귀로 지나가 버렸다는 걸 금세 알아차렸다.

진료실로 돌아와 가운을 벗고 손을 씻으며 거울 속 나 자신에게 물어보았다. "너는 노인이 되었을 때, 네 말대로 늙음과 병듦을 순순히 받아들일 수 있겠니?" 자신 있게 "그렇다."라는 말이 나오지 않았다. 이 두 친구를 살살 달래며 살아갈 용기가 쉽사리 생기지 않는다. 나도 할 수 없을 것 같은 일을 아이비 할머니께 강요하며 책망하려던 마음이 어느새 사라진다.

어쩌면 아이비 할머니는 자신의 나이 듦을 치료하지 못하는 의료진이 못마땅한 것이 아니라 세월의 무상함에 역정을 내시는 것일지도 모르겠다. 이 세상에서 영원히 변치 않는 것은 '변하지 않는 것은 없다'라는 진리뿐임을 알면서도 나는 비켜 가길 바라는 마음은 본능이고 욕망이며 괴로움이다. 늙지 않고 젊고 건강하게 살고 싶다는 마음은 삶에 대한 의욕인가, 집착인가? 노인의 삶을 아직 경험하지 못한 젊은이로서 그 적절한 경계를 찾기가 참 어렵다.

그러나 청년에게는 청춘에 대한 기대가 있고, 중년에게는 사회와 가정의 책무가 있듯, 노인에게도 삶을 마무리하며 다가올 죽음을 준비하는 과제가 있다고 생각한다. 한 사람의 일생이 출생에서 죽음까지 하나의 완성을 이루려면 나이에 따른 변화를 수용해야 하며 노년의 삶 또한 불편하고 어렵더라도 받아들여야 한다. 그 누구도 대자연의 법칙을 거스를 수는 없기 때문이다. 마냥 시간을 흘려보내다가 세월의 무상함을 탓하지 말고, 삶의 과정마다의 의미를 찾으며 소중히 기록하고 싶다. 나의 인생이라는 역사책의 마지막 장, 노년의 시간까지 아름답게 써 내려갈 수 있는 용기와 너그러움을 갖추고 싶다.

제3장

가정 돌봄과 시설 돌봄

열아홉 살, 전쟁미망인

90대의 한 할머니가 입원하셨다. 무척 정정하셨다. 난청과 치매가 없어서 대화가 원활했고, 허리가 아프다고 하셨지만 보행이 힘차고 화장실 출입이 가능했으며, 복도에서 운동도 자주 하셨다. 또, 내가 회진할 때면 꼭 일어나 앉으셔서 인사하시고, 치료 후 "선생님 덕분에 잘 지냅니다."라는 깍듯한 인사를 잊지 않으셨다. 옆 환자분들, 간병인과 의료진들까지 모두가 할머니를 좋아했다. 그 할머니는 내 친할머니와 동갑이셨다. 그래서 더욱 반가웠다.

영맘　어르신, 건강하시죠?

할머니　선생님 덕분에 잘 지냅니다.

영맘　어르신께서 저희 할머니와 동갑이세요.

할머니 오, 그래요?

영맘 어쩌면 이렇게 건강하세요? 비결이 뭐예요? 알려주세요.

할머니 나는 별다른 비결이 없어요. 집에 가서 할머니한테 여쭈어봐요.

순간 말문이 막혔다. 내 친할머니는 20년 전에 돌아가셨기 때문이다.

할매, 나의 할매. 할매는 낙동강 줄기가 흐르는 경상도 어느 마을에서 맏딸로 태어나, 남동생들 학교 다닐 동안 농사짓고 살림하느라 소학교도 제대로 졸업하지 못하셨다. 배고프던 일제강점기를 지나 열일곱이 되었을 때, 고개 너머 이웃 마을의 동갑내기 고등학생과 혼례를 올리셨다. 그리고 이듬해 봄, 첫아들 아빠를 낳으시고, 그해 여름 발발한 한국 전쟁에서 남편을 잃었다. 나의 할매는 그렇게 열아홉 살에 전쟁미망인[20]이 되셨다. 해마다 현충일이 되면 남편을 잃은 이들의 슬픈 이야기가 회자되지만, 나는 할매보다 더 어린 전쟁미망인을 본 적이 없다.

할매의 지난 세월을 내가 어떻게 짐작이나 할 수 있으며, 말과 글로 표현할 수 있을까? 전쟁은 평범했던 우리 가족에게 너무나 큰 고통을 주었다. 할매는 혼자 힘으로 농사지어 시어른을 모시고 갓 난 외아들을 키워내셨다. 새벽 별을 보고 밭에 나가 저녁 별을 보고 집으로 돌아오셨던 그 시절에는 잠 한번 실컷 자보는 것이 유일한 소원이었다고 하셨다. 그리고 슬픔도 그리움도 그 고단했던 삶 속에 잊고 지내다가도, 문득 유해를 찾지 못한 할아버지가 어딘가 살아 계실지도 모른다는 생각에 실낱같은 희망을 품기도 하셨다.

할매는 한 번도 자식들에게 지난 고생에 대해 하소연하거나 할아버지에 대한 그리움을 말씀하신 적이 없었다. 그저 할매의 닳아버린 짧은 손톱, 툭툭 불거진 손마디, 쩍쩍 갈라져 피가 흐르던 발바닥 그리고 결코 울지 않는 말라버린 눈가를 볼 때마다 그 고통의 세월과 가슴 시퍼런 한을 짐작할 뿐이었다.

언젠가 할매의 지갑 속에서 국가유공자증을 보고는 깜짝 놀랐다. 흑백사진 속 20대 할머니의 얼굴이 쪼글쪼글한 늙은 노인의 얼굴 같았기 때문이다. 동안이라는 말을 듣고, 예쁜 옷을 즐겨 입으시던 60대의 모습이 오히려 젊어 보였다. 국가보훈처 직원도 할매의 사진을 보고 놀랐다고 한다. "어르신, 정말 같은 사람 맞아요? 어떻게 40년 전보다 지금이 더 젊으세요?"라고 했다며 할매가 웃으셨다.

해마다 6월이 되면 나는 할매 생각이 더 많이 난다. 어린 시절, 하얀 한복을 입은 할매의 손을 잡고 공원에 갔다. 그때는 할매와 놀러 간다고 마냥 신이 나 있었는데, 철들고 나서 보니 현충일에 할아버지를 만나러 충혼탑에 간 거였다. 내가 성장한 후에 할매는 혼자서 충혼탑에 다녀오셨다. 그리고 어느 해 현충일, 하얀 한복을 챙기고도 기운이 없어 충혼탑에 못 가겠다고 하시고는 여름 석 달을 앓으시고 하늘나라로 가셨다.

올해 현충일에는 가족과 함께 현충원에 가 참배했다. 전쟁이 휩쓸고 지나간 지 70년이 넘었고, 할매가 돌아가신 지도 20년이 지났건만, 나는 전쟁이 새긴 우리 가족의 상처를 생각하며 또 울고 말았다. 하늘에 계신 할매께 쓴 편지를 낭독하며 우리는 우리를 낳아주시고 길러주시고 지켜주신 할매와의 추억을 떠올렸다. 열아홉 아내와 백일 된 아들을 두고 홀로 전쟁터로 떠난 남편을 평생 기다리며, 가족을 위해 일생을 바쳤던 한 여인의 삶을 오랫동안 기억하는 것만이 우리 가족이 할매를 위해 할 수 있는 전부였다. 나라를 지켜주신 할아버지와 가족을 지켜주신 할매의 희생에 보답하는 길은 각자 삶의 자리에서 최선을 다해 살아가는 것이라 다짐했다.

가끔 병원에서 할매와 동갑인 어르신을 만나거나, 할매와 닮은 얼굴의 할머니를 만날 때면 나는 할매가 더욱 보고 싶어진다. '같은 연배의 할머니들은 살아계시는데, 할매는 왜 그렇게 일찍 돌아가셨소.'라고 할매께 마음속으로 말을 건넨다.

며칠 전 할매와 동갑이신 할머니께서 건강히 퇴원하셨다. 나는 웃는 얼굴로 작별 인사하시는 할머니를 꼭 안아드렸다.

추어탕 추억

여름방학이 끝나갈 무렵이면
추어탕의 계절이 다가온다
빼빼 야윈 첫 손녀를 위한
울 할매의 추어탕이 끓여진다

물 맑은 청도 땅
논두렁 밭두렁을 휘젓던
힘 좋은 자연산 미꾸라지
소금 팍팍 치면 양재기가 요동친다
호박잎 박박 문질러
뽀얀 국물 우러나도록 달이고
뼈째 갈아 배추 넣고 팔팔 끓이면
맛있는 할매표 추어탕이 된다

지피가루 한 숟갈 넣어주며
한 그릇 후딱 먹고 튼튼해져라
잔소리 한 소리 보태어진

첫 그릇은 언제나 나의 몫

여름방학이 끝나갈 무렵이면
추어탕의 계절이 다가온다
밥 한술 못 넘기다 돌아가신
울 할매의 기일이 다가온다

할매의 임종

할매는 굳센 바위 같은 사람이었다. 모진 세월의 비바람을 맞고도 조금의 흔들림도 없이 제자리에 서 있는 바위. 열아홉 살 전쟁미망인은 자신 앞에 놓인 운명을 받아들이고 어린 아들과 살아남기 위해 가장 단단한 바위가 되었다. 세상사 웬만한 일에 눈도 깜짝 안 하셨고 싸늘한 눈가에는 눈물이 말라 흐르지 않았다.

어느 날 그 바위틈에서 여린 풀이 자라났다. 차갑게 메말랐던 바위는 그 풀잎을 금지옥엽처럼 여기고 사랑했다. 나는 할매의 첫 손녀였고 사랑을 독차지하면서 성장했다. 우리는 25년을 한집에서 살았다. 25년째 되던 해 어느 여름날이었다.

영맘　할매! 할매! 엄마, 할매는?

엄마　할매 2층에 계신다. 요즘 자꾸 2층 소파에 누워만 계시네.

할매가 어느 날부터 2층 소파에 누워만 계셨다. 아픈 데는 없는데 온몸에 힘이 없다고 하셨다. 식사하실 때 잠시 1층으로 내려오셨다가 몇 술 뜨시고는 다시 2층으로 올라가셨다. 평소 입맛이 좋아 골고루 잘 드시고, 목소리 크고, 잔소리 많던 할매가 갑자기 밥도 안 드시고 말도 안 하시고 누워만 계셨다. 그래도 나는 크게 걱정하지 않고 학교 기말고사와 여름방학 성당 행사에만 신경 썼다. 평소처럼 며칠 아프시다가 툭툭 털고 일어나 언제 그랬냐는 듯 씩씩하게 운동하고 마실가고 집안일을 하실 거라고 생각했다.

아버지가 할매를 모시고 병원에 다녀오셨다. 시험을 끝내고 여름방학을 기다리던 나에게 엄마가 말씀하셨다. 할매가 암이라고, 췌장암이라고 했다.

그 말을 듣자마자 몸이 부들부들 떨렸다. 예과 시절이라 잘 몰랐지만, 췌장암은 암 중에서도 가장 고통스럽고 예후가 나쁜 암이라고 들었기 때문이다. 3대가 모여 오순도순 별 탈 없이 살던 우리 가족은 갑작스러운 할매의 병환에 슬퍼할 겨를도 없이 간병을 시작했다. 할매는 집에서 치료받기를 강력히 원하셨다.

아버지가 생계를 위해 회사에 다니는 동안, 엄마가 살림과 간병을 맡았다. 할매의 소식을 듣고 멀리서 살던 할매의 막냇동생인 이모할머니도 간병을 도우러 오셨다.

우리 가족은 할매에게 병명을 알리지 않았다. 그래서 할매는 병을 잘 알지 못했고 곧 회복될 거라고 생각하셨다. 이것저것 드시고 싶어 했지만, 막상 몇 입 드시면 구토를 하셨다. 통통한 체격이었던 할매는 두 달 사이에 반쪽이 되었고, 병세가 악화하면서 복수가 차올랐다. 병원 진료는 아버지가, 가정 간병은 엄마와 이모할머니가 전담했다. 이모할머니는 할매와 함께 주무시며 목욕, 식사 보조, 대소변 처리까지 24시간 돌보셨다. 나는 가끔 할매의 안부를 살피러 안방에 들어가는 방관자가 되었다. 편찮으신 할매가 얼른 회복하시길 간절히 바랐지만, 간병 노동에는 부담을 느끼는 이중적인 태도였다. 그래도 할매는 섭섭해하시기는커녕 혹시나 손녀에게 병을 옮길까 봐 가까이 오는 것조차 제지하시며, 자신이 쓴 물품을 소독하라고 몇 번이나 당부하셨다.

할매는 병원 입원을 끝까지 마다하셨다. 복수를 제거하거나 진통제와 수액을 처방받기 위한 때를 제외하고는 가정 간호를 받으셨다. 20여 년 전에는 암 환자를 위한 호스피스 병원이나 요양병원 개념이 생소하였고, 방문간호도 없던 때라 대학병원 입원을 마다하시면 가정 간호 외에 다른 방법이 없었다.

췌장암은 통증이 극심한 병이지만, 다행히 할매는 아프다는 말씀이 없으셨다. 모진 세월을 견뎌낸 굳은살이 암성 통증도 느끼게 하지 못할 만큼 딱딱해진 거라는 생각에 가슴이 멨다. 할매는 뵐 때마다 눈에 띄게 쇠약해지셨다. 쪼글쪼글한 살이 뼈에 간신히 붙어 있는 몸에 복수가 차 불룩해진 배만 꺼질 듯 말 듯 오르내렸다.

그날 밤 자정쯤, 모두 잠든 시간에 갑자기 이모할머니가 크게 소리치셨다. 할매의 상태가 이상하다고 했다. 집에서 손쓸 도리가 없어 급하게 119에 전화했다. 구급대를 기다리는 몇 분의 시간이 아득하고 길게만 느껴졌다. 숨을 헐떡이던 할매는 눈도 제대로 뜨지 못한 채 아버지와 함께 구급차를 타고 대학병원으로 가셨고, 병원에 도착하자마자 사망 선고를 받으셨다. 그렇게 할매는 구급차 안에서 아버지의 손을 잡고 임종하셨다.

나는 한 집에서 할매의 변해가는 모습을 보면서도 할매의 죽음을 애써 외면했다. 그해 여름 석 달 꼬박, 이별을 준비할 시간을 주셨음에도 현실을 외면하고 부정하며 간병에 태만했던 나는 한순간에 할매를 잃은 것만 같았다. 구급차에 실려가시던 모습이 마지막인 줄 알았다면, 이별은 갑자기 찾아온다는 걸 알았다면, 한 번만 더 할매의 얼굴을 만져보고, 한 번만 더 할매의 손을 잡아볼걸.

25년간 철없는 손녀에게 주신 큰 은혜를 갚기 위해 3개월 만이라도 간병에 애썼더라면, 이렇게 후회가 남지 않았을 것이다. 시간을 되돌릴 수 있다면 꼭 한 번 할매의 손을 잡고 나를 사랑해주셔서 감사하다고, 할매가 우리 곁에 계셔서 행복했다고, 앞으로 용감하게 잘 살 테니 걱정하지 마시라고 말하고 싶다.

시아버지 돌봄

동료 (놀라며) 정말 매달 그렇게 멀리 있는 시댁에 가요?

영맘 네.

동료 에휴. 효자랑 결혼하면 며느리가 고생이야.

영맘 매달이 아니라 매주도 갈 수 있어요. 모시고 같이 사는 것만 아니면…

외아들인 남편과 결혼하면서 언젠가는 시아버님을 모셔야 한다는 것을 알고 있었다. 하지만 시아버님과의 합가는 정말 고민되는 일이었다.

시아버님은 하나뿐인 며느리에게 항상 친절하셨다. 그래서인지 기차를 타고 오가는 일이 조금 피곤했을 뿐, 달에 한 번 시댁에 가는 일이 힘들지는 않았다. 우리를 반갑게 맞아주시는 건강한 아버님을 뵙는 것은 기쁘고 고마운 일이었다. 예전에 아버님과 단둘이 고향집 거실에 앉아 있을 때다.

아버님 부모 자식이 떨어져 살다가 보고 싶을 때 가끔 한 번씩 보는 게 효도다.

영맘 그래도 너무 멀리 계시니 가끔 편찮으실 때 정말 걱정돼요.

아버님 혹시 나중에 내가 많이 아프거든 여기 고향에 있는 요양병원에 입원시켜라.

영맘 여긴 너무 멀죠. 제가 근무하는 요양병원으로 모실게요.

아버님 …

눈치 없는 며느리의 대답에 아버님은 눈을 감고 대화를 멈추셨다. 이후 나는 아버님과의 합가에 대해 어떻게 의견을 피력해야 할지 오랫동안 고민했다. 그러나 예상과 달리 그 일은 하루만에 전격적으로 이루어졌다.

3년 전 봄, 나는 오랫동안 기다리던 임신을 했다. 그러나 기쁨도 잠시, 아버님께서 그동안 앓고 계시던 지병으로 수술을 받게 되셨다. 대학병원에서 어렵게 받은 수술 날짜가 하필이면 남편의 중요한 일정과 겹쳐 내가 입원 수속부터 수술 후 병간호를 맡았다. 일을 병행하고 있어 간병인을 쓰기도 했지만, 그래도 많은 부분을 보호자인 내가 결정하고 도와야 했다.

항상 좋은 말씀과 인자함으로 잘 대해 주셨기에, 나중에 편찮으시면 잘해드리겠다고 다짐했었다. 그러나 막상 안정이 필요한 임신 초기에 일을 병행하며 왕복 6시간 거리를 다니니 눈물나게 힘들고 남편과 아버님께 원망의 마음이 들었다. 나는 친정엄마에게 하소연을 늘어놓았다.

영맘　아버님은 왜 하필 지금 편찮으신 걸까?

엄마　아플 때를 정해놓고 아픈 사람이 어디 있니?

영맘　나는 임신 초기라 안정이 필요한데 스트레스를 받으니까 아기도 힘들 거야.

영맘　그동안 잘해주셨던 아버님을 생각해서 열심히 돌봐드려라. 네가 효도해야 배 속의 네 아이도 나중에 너한테 효도한다.

다행히 아버님은 무사히 퇴원하셨고, 배 속의 아이도 건강했다. 그러나 만삭이 되었을 즈음 나는 또 한 번의 도전을 받게 되었다. 남편이 전하는 아버님의 안부에 걱정이 되었다.

남편　　아버지가 좀 이상해. 말씀도 줄어드시고, 발음도 좀 어눌하고… 며칠 전에는 아파트 출입문 비밀번호 생각이 안 나서 다른 사람이 출입할 때까지 기다리셨다는 거야. 아무래도 이번에 수술하시면서 기력이 많이 쇠해지신 거 같아.

그때도 나와 남편은 아버님의 상태가 심각하다는 걸 전혀 몰랐다. 그리고 어느 날, 안부 전화를 드리는데, 아버님이 몸무게가 한 달 사이에 10kg가량이 줄었다고 했다. 전화를 끊자마자 밤기차를 타고 고향집으로 달려간 남편은 다음 날 새벽에 아버님을 모시고 와 병원에서 이런저런 검사를 했다.

음식만 드시면 구토를 하신다 해서 각종 내시경과 초음파를 찍었지만, 아무 이상이 없었다. 발음이 어눌하고 말수가 줄어든 것 같아 뇌 사진도 찍었지만, 이상이 없었다. 그래서 마지막으로 정신과에 모시고 갔더니 이런 증상들은 몸의 병이 아니라 마음의 병일 가능성이 크고, 그로 인해 초기 치매가 함께 온 것 같다고 했다.

남편은 너무 오래 아버지를 홀로 고향집에 계시게 했다는 자책감에 괴로워하고, 아버님은 자신의 상황을 받아들이기 힘들어하시는 듯했다. 나는 만삭이라 곧 있을 출산 휴가를 고대하고 있었는데, 편찮으신 아버님을 모시게 되어 우울한 기분이 계속되었다.

남편은 회사 일과 집안일을 병행하며, 아버님을 모시고 병원에 다니느라 하루도 쉬지 못했다. 나 또한 무거운 몸으로 회사 일을 하고 집에 와 아버님 식사를 챙기느라 몹시 피곤하였다. 늘 종종거리며 퇴근했다.

영맘　아버님은 왜 내가 임신으로 쉬어야 하는 중요한 때마다 편찮으신 거예요?

남편　아버지가 아프고 싶어서 아파?

영맘　나 더는 못하겠어. 나도 너무 힘들다고요.

남편　아버지가 잘해주셨던 거 생각해서 조금만 참으면 안 돼요? 아버지도 자기 뜻대로 잘 안되니까 자꾸 우시잖아.

아버님이 우셨다는 말을 들으니 나도 왈칵 눈물이 났다. 내 상황만 생각하고, 아버님이 받으셨을 충격과 고통은 외면한 사실을 반성했다. 우리는 아버님을 계속 집에 모시기로 결정했다.

출산 후 남편은 집, 직장, 산후조리원을 하루에도 몇 번씩 오가며 나와 아이, 아버님을 보살폈다. 나도 계획보다 빨리 집으로 복귀해 본격적으로 육아와 시아버지 간병을 함께했다. 직장에서 노인 돌봄을 오래 경험하긴 했지만, 가족의 간병은 처음이었다. 환자의 늙음과 병듦을 돌보던 요양병원 한의사에서 부모의 간병을 책임져야 하는 자녀, 보호자가 된 것이다.

간병은 육아보다 더 힘들었다. 코로나로 돌봄 서비스가 여의찮았을 땐 대상포진에 걸리기도 했다. 자연스럽게 우리는 요양병원이라는 선택지를 고려하게 되었다. 그러나 남편은 아버님의 병이 외로움 때문이라고 생각해 조금 더 모시고 싶어 했고, 결국 남편은 휴직하고 아버님 돌봄을 전담하기로 했다.

나는 그간 요양병원 환자의 자제분들에 대해 생각해 본 적이 없었다. 오히려 '한 어머니는 여러 자식을 돌보지만, 여러 자식은 어머니 한 분을 못 모시는구나.'라는 어설픈 성인군자 놀음을 했다. 그러나 막상 아버님이 편찮으시고 나와 남편이 보호자가 되어 동분서주하다 보니, 보호자들의 힘든 몸과 마음이 조금씩 이해되었다.

건강한 부모님을 부양하는 일과 편찮으신 부모님을 간병하는 일은 천지 차이였다. 육체적으로 버겁고, 번갈아 휴직하면서 경제 사정이 어려워졌지만, 무엇보다 정신적으로 고통스러웠다. 아버님의 변화를 가까이에서 지켜보는 일은 무척 서글프고 괴로웠다. 아버님을 위해 자식으로서 할 수 있는 모든 것을 하고 싶었지만, 끝이 보이지 않는 하루하루가 답답하고, 나날이 쇠약해지시는 아버님의 모습에 낙담하였다. 잠깐의 여유조차 허락되지 않는 간병이라는 감옥에 갇혀 지내는 처지에 우울함도 느꼈다. 게다가 아버님의 모습을 보다가 우리 부부의 미래가 걱정되면 두려워 숨이 막혀왔다. 너무 힘이 들 때, 나는 방으로 들어와서 하소연하듯 아기에게 말했다.

영맘 나중에 엄마가 늙고 아프면 네가 데리고 살면서 혼자 고생하지 말고 병원 보내라.

아기 응.

영맘 …

한 치의 망설임도 없는 세 살 아기의 대답을 듣고 나는 잠시 말문이 막혔다. 오래전 아버님처럼…

간병 일기

2019년 8월 ○일

오늘은 출산 휴가 전 마지막 연차를 썼다. 집에서 보내는 하루뿐인 여름휴가이다. 평소에도 여행은 잘 안 다녔지만, 올여름에는 임신으로 가까운 곳에 외출조차 힘들었다. 몸이 무겁기도 했고 유산 경험 때문에 마지막까지 조심 또 조심해야 한다.

어젯밤 남편이 아버님께 저녁 문안 전화를 드렸는데, 아버님의 몸무게가 10kg이 줄었다고 했다. 가끔 인지 저하 증상을 보이셨기에 자신의 체중을 제대로 알지 못하고 하시는 말씀 같았다. 지난달 고향집에 다녀온 남편도 아버님께 큰 변화가 없다고 해서 믿기지 않았다. 남편은 전화를 끊자마자 밤 기차를 타고 고향집에 내려가 아침 첫차로 아버님을 모시고 왔다. 나는 기차역으로 마중을 나갔다.

자동차에 앉아 두 사람을 기다리는데, 남편의 부축을 받으며 걸어오시는 아버님을 뵈니 먼 곳에서 보아도 휘청거리시는 걸음이 눈에 들어왔다. 빠른 걸음으로 지하철 계단을 오르내리시던 건강한 아버님이 몇 달 못 뵌 사이에 수척해지셨다. 체중이 10kg 줄어든 것은 사실이었다.

아버님을 모시고 바로 병원으로 갔다. 병원은 환자들로 북적였다. 최근 기침과 구토로 제대로 식사를 못 하셨다고 하여 내시경과 초음파, X-선 검사 등을 받았지만 별 이상이 없다는 진단을 받았다. 잦은 구토로 걱정했던 위도 염증 하나 없이 깨끗했다. 이상이 없어 다행이었지만 원인을 찾지 못해서 한편 걱정되기도 했다.

장시간 이동과 병원 진료로 지치신 아버님을 모시고 집으로 돌아와 식사를 준비했다. 입맛이 없고 구토가 난다고 하셔서 흰죽을 끓였다. 반 그릇 정도 드시고는 곧 화장실로 가서 구토하셨다. 복통도 두통도 없으셨다. 오직 기침과 구토만 반복되었다. 침을 놓고 집에 있던 한약을 드렸다. 그리고 다시 죽을 끓였다.

2019년 12월 ○일

출산 휴가가 막바지에 접어들었다. 어제는 새벽 두 시에 아이가 깨어 잠투정을 부리며 울었다. 밤중 수유를 하고 두세 시간 안아 주었더니 다시 잠들었다. 아침에 남편이 출근하면 나는 안방에서 아이를 돌보고 아버님은 거실에서 종일 TV를 보신다. 한약을 드시면서 구토 증상은 조금씩 나아졌지만, 그래도 가끔 구토를 하신다. 식사량은 느는데 몸무게는 제자리다. 최근 부쩍 말씀이 줄어들고 발음도 어눌해지셔서 신경과를 찾아갔다. 뇌 손상을 확인하기 위해 MRI를 찍었지만, 고령으로 인한 뇌 위축 외에 다른 질환은 발견되지 않았다. 그래도 가끔 인지 저하 의심 증상을 보이셨기에 집 근처 치매안심센터에서 치매 검사를 했다. 검사 결과를 받아 협력 병원에서 알츠하이머병 진단을 받고, 진단 후 장기요양등급을 판정받았다.

항상 부지런히 고향집을 정리정돈하고 열심히 운동하던 아버님께서 편찮으신 후부터는 TV 앞에 누워만 계실 뿐 종일 꼼짝도 안 하신다. 아들 집에 오신 지도 몇 달이 지났지만, 여전히 이곳이 불편하신가 보다. 아버님의 잔존 능력을 유지하기 위해선 생활의 개선이 필요했다. 남편은 아버님께 주간보호센터에 다니

시도록 말씀드렸다. 무기력하고 우울해하시는 아버님과 종일 육아와 간병에 매달리는 나의 부담을 덜어주기 위한 선택이었다. 주간보호센터는 집 근처 여러 곳을 돌아다니며 가장 가깝고 프로그램이 다양한 곳으로 골랐다. 낯선 환경을 어려워하시는 아버님은 센터 나가기를 거부하셨지만, 아들의 설득과 며느리의 사정을 생각하시어 오늘 처음으로 주간보호센터에 가시게 되었다.

베란다에 서서 아버님이 노란 센터 차량에 올라타시는 모습을 지켜보았다. 마치 어린이집에 가기 싫어하는 아이를 억지로 보내야 하는 엄마의 마음처럼 무겁고 걱정스러워 눈물이 났다. "아버님! 처음에는 힘드셔도 적응하시면 집에만 계시는 것보다는 나을 거예요. 잘 다녀오세요!"

2020년 3월 ○일

만삭으로 뒤뚱거리며 병원 업무를 할 때 어르신들은 힘들겠다며 오히려 나를 염려하고 걱정하셨다. 출산 당일, 아이를 만난다는 기쁨만큼 두려움도 컸지만 절대 울거나 소리 지르지 않겠다고 다짐했었다. 그리고 불면의 육아가 힘들어도 부모라면 당연히 해야 하는 일이기에 하루하루, 아니 한 시간 한 시간 버티며 돌보고 있다.

하지만 자식의 도리로 시작한 시아버지 간병은 무척 힘들다. 아버님은 하나뿐인 며느리에게 정말 잘해주셨고 치매로 투병 중인 지금도 가족들에게 피해 주지 않으시려 최대한 노력하시지만, 점점 나빠지는 병환은 우리 부부에게 무거운 짐으로 느껴진다. 직장까지 그만두고 간병에 매달리는 남편은 지칠 때마다 나에게 하소연과 화풀이를 한다. 그 심정을 이해하면서도 나 역시 힘들다. 온종일 병원에서 일하고, 퇴근하자마자 육아하고, 친정에는 몇 년째 가보지도 못하고 왜 이렇게 살아야 하나 한숨만 나온다. 어제는 아기를 안고 밤중 수유를 하며 엉엉 소리 내어 울었다. 새벽의 울음소리가 이웃에게 폐가 되었을 텐데, 너무 속상하니 그런 생각도 떠오르지 않았다. 몸이 피곤하고 아픈 것보다 정신적으로 고통스럽다.

나는 부모의 입장과 자녀의 입장 사이에서 생각이 충돌한다. 아버님을 뵐 때마다 나의 노후를 떠올려본다. 시아버지 간병이 힘들어 울고불고하면서도 내심 내가 나이 들고 병들었을 때는 자식이 돌봐 주면 좋겠다며 이율배반을 한다. 우리 부부가 아버님께 최선을 다하면 아이도 보고 배워서 나중에 부모에게 잘하지 않을까 하는 욕심도 있다. 그러나 아픈 부모를 돌보는 일에는 자식의 희생이 필요하다는 것 또한 잘 알고 있다. 우리 아이가 나중에 늙고 병든 우리 부부를 감당할 수 있을까? 아무리 나라에서 지원하고 병원에서 치료한다고 해도 나와 남편, 이 두 사람을 돌보기에는 너무 버겁지 않을까?

부모는 어린 자식을 위해 최선의 노력으로 기쁘게 키우지만, 다 큰 자식은 늙고 병든 부모 한 분을 감당하기가 힘에 부친다. 육아는 자손을 지키려는 본능이라 덜 힘들고, 효도는 그 사랑에 대한 도리라 더 힘겨운가 보다. 좋은 부모보다 효자, 효부 되기가 몇 배는 어려운 일이다.

2021년 7월 ○일

주말에 아버님의 생신이었다. 평소 좋아하시는 초밥과 잡채, 미역국, 새우구이를 준비했다. 생일 케이크에 촛불을 켜고 아이와 함께 생신 축하 노래도 불렀다. 명절이나 생신 때마다 외동아들과 며느리만 축하하던 과거에는 잔칫상이 썰렁했는데 아기가 채워준 우리 집 공간은 참 크고 따뜻했다.

아버님은 센터에서 돌아오시면 저녁 시간 거실에서 아이와 놀이를 하신다. 아기가 갓난쟁이 때는 아버님이 주로 실내용 유모차를 밀어 주셨지만, 지금은 상호 작용이 가능할 만큼 자랐다. 아기는 할아버지가 방에서 나오시면 반가워서 "카! 카!"라고 외친다. 카드놀이를 하려는 것이다. 한 통에 50장의 카드가 들어있는데 한자리에 앉아 다 공부할 만큼 아이의 인내심이 늘었다. 아이는 할아버지와 카드놀이를 하면서 자신의 지식을 알려주는 것을 좋아한다. 할아버지에게 카드에 그려진 사물을 하나하나 가르쳐드린다. 할아버지는 아기와 카드를 번갈아 바라보며 빙그레 웃으신다.

아버님은 요즘 더욱 말수가 줄었다. 예전에는 센터에서 있었던 일이나 사람들에 대해 자주 말씀하셨는데 이제는 거의 말씀이 없으시다. 의사 표현이 필요한 상황에도 몇 개의 단어만 나열하실 뿐 제대로 된 문장으로 말씀하지 못하신다. 카드를 바라보는 할아버지의 표정이 점점 아리송해지자, 아기의 표정에도 점점 힘이 들어간다.

'노인이 되면 다시 어린아이로 돌아간다'라는 말이 있다. 나는 자녀 육아와 부모 간병을 한 공간에서 동시에 수행하면서 인간의 성장과 노쇠에 대해 선명하게 지켜볼 수 있었다.

옹알이하다가 조금씩 언어를 습득하는 아이와 점점 말과 글을 상실하며 의사소통이 어려워지는 노인, 걸음마를 시작하며 아장아장 걷는 아이와 보행이 힘들어지면서 중심을 잃고 주저앉는 노인, 배변 훈련을 하다가 결국 변기 사용이 익숙해지는 아이와 대소변 실수를 반복하다가 결국 기저귀를 착용하는 노인. 아이의 발달 과정 역순으로 노인의 능력은 쇠퇴하였다.

요양병원에서 근무하며 노인의 삶과 변화에 익숙해졌다고 생각했지만, 부모의 늙음과 병듦을 바라보는 심정은 좀 더 복잡하고 때로는 서글프다. 한의사에게 생로병사는 관찰과 치료, 연구의 대상이었지만, 간병하는 자식에게는 하루하루 극복해야 하는 슬픔이자 현실이었다.

간병의 어려움을 불평하며 허우적거리다가 문득 '이 순간 가장 힘든 사람은 내가 아니라 아버님'이라는 생각이 들었다. 가까이에서 관찰하며 돌보던 한의사도, 부모의 간병을 책임지는 자식도 아닌 늙음과 병듦의 당사자, 아버님의 혼란스럽고 아픈 마음을 알아차리기까지 오랜 시간이 걸렸다.

2021년 12월 ○일

어제는 어머님의 기일이었다. 오래전 아버님은 편찮으신 어머님을 집과 병원에서 수년간 간병하셨다. 어머님이 돌아가신 후 십여 년을 혼자 생활하시며 자식에게 부담되지 않도록 자신의 건강을 지키고 경제적 노후 준비까지 철저히 하셨다. 분가해 살고 있던 우리 부부는 한 달에 한 번 고향집에 내려가 아버님을 찾아뵈었는데, 남편은 어머님 산소에 가고 나는 집에 남아 아버님의 말벗이 되어 드렸다. 아버님은 돌아가신 어머님 말씀을 자주 하셨다. 어머님의 성장 과정과 결혼, 육아 이야기는 웃으며 회상하셨고, 수년간 투병하셨던 대목에서는 무척 괴로워하셨다.

건강하시던 아버님께서 언젠가부터 아파트 출입문의 비밀번호를 잊어버리시고 예전에 손수 제사 음식까지 장만하셨던 어머님의 기일을 기억하지 못하셨다. 작년에는 엉뚱한 날짜에 어머니 제사를 지내지 않았다고 하시며 아들 내외에게 화를 내셨고, 올해는 기일이 다 되도록 제사에 대해 한마디 말씀이 없으셨다.

남편은 제사를 지내다 문득 아버님께 "아버지, 지금 누구 제사 지내는 거예요?"라고 물었다. 아버님은 허허허 웃으실 뿐 대답이 없으셨다. 누구의 제사인지 모르시겠냐며 재차 묻는 남편에게 아버님은 고개를 끄덕이셨다. “엄마를 잊으셨어. 어떻게 엄마를 잊을 수가 있지? 이제 세상에서 우리 엄마를 기억하는 사람은 나밖에 없구나. 아아…” 남편은 아버님의 반응에 몹시 슬퍼했지만, 평소에도 늘 웃으며 고개를 끄덕이시기 때문에 아버님이 정말 어머님을 잊으셨는지 명확히 알 수 없었다.

아버님과 어머님 두 분 다 형제자매가 많으셨지만, 편찮으실 때 간병을 도와줄 분은 없었다. 어머님이 아프실 때, 타지에서 공부하던 외아들인 남편이 매주 고향집에 내려가긴 했으나 실제 어머님을 도맡아 간병한 건 아버님이셨다. 수년 동안 아픈 아내를 지극정성으로 돌보던 남편의 삶은 상상할 수 없을 만큼 고달프고 힘들었을 것이다. 몇 해 전, 아버님께서, 칠순 생신상을 차리고 있던 나에게 말씀하셨다. “애야, 너무 애쓰지 마라. 미역국이면 충분하다. 지난 환갑 때, 아들은 학교 시험 치느라 집에도 못 오고, 나는 네 어머니 간병하느라 병원 구내식당에서 국수 한 그릇 사 먹었지.” 아버님의 말씀을 듣고 눈물이 왈칵 났었다. 아픈 환자가 제일 고생이지만 그를 돌보는 가족도 평범한 일상생활을 영위하기가 어렵다. 가끔 즐겁고 기쁜 일이 생겨도 병으로 고생하는 환자가 먼저 떠올라 그 행복을 누리려던 마음은 어느새 죄책감이 되어 돌아온다.

아버님은 어머님을 지극히 사랑하셨다. 건강할 때도 아플 때도 곁을 떠나지 않고 최선을 다해 아내를 돌보셨으며, 돌아가신 후에도 오직 한 사람만을 사랑하셨다. 치매라는 병으로 인해 아내를 비롯하여 대부분의 지난 기억을 잃으셨다 하여도 그 사랑과 희생의 기록은 결코 지워지지 않을 것이다.

2022년 3월 ○일

며칠 전 아버님과 내가 코로나 확진을 받았다. 주간보호센터의 직원이 확진되었고 그 후 센터를 이용하시는 어르신들이 감염되었다. 나는 육아휴직 후 집에 있어서 아버님께 이차 감염이 된 것 같았다. 그래도 다행히 남편과 아이는 음성이었다.

최근 몇 년간 감기 한 번 걸린 적이 없었는데, 38~39도를 오르내리는 고열과 인후통, 극심한 두통에 목감기, 코감기, 몸살감기를 한꺼번에 앓는 듯했다. 아침에 아버님과 함께 근처 병원에 가서 진단과 처방을 받고 집으로 돌아와 각자 방에서 자가 격리했다.

그런데 그날 저녁, 혼자 방 안에서 식사하시던 아버님께 질식이 왔다. 평소에도 사레에 잘 걸리시는데, 코로나로 기침을 하며 음식물을 삼키다가 발생한 것이다. 컥컥하는 소리에 남편은 방 안으로 뛰어 들어가 급히 하임리히법을 시행하고, 안방에 격리되어 있던 나는 119에 신고했다. 아버님은 산소포화도가 떨어지면서 청색증이 오고 의식이 저하되었다. 코로나 감염이고 뭐고 생각할 겨를 없이 남편은 심폐소생술을 시행하며 "아버지! 죽지 마요! 죽으면 안 돼!" 하고 소리쳤다. 방호복을 입은 구급대원이 응급처치 후 아버님과 남편을 데리고 코로나 전담병원에 갔다. 나는 할매가 돌아가실 때처럼 구급차 안에서 아버님이 돌아가실까 봐 두려워 눈물이 났다. 다행히 아버님은 병원에 잘 도착해 치료받고 병세가 호전되었다.

아버님을 모시러 병원에 갔다. 코로나 환자를 입원 치료하는 병원의 방역은 철저했다. 이중 삼중의 방호벽을 지나 깊숙한 지하 주차장에서 한참 기다린 후에야 휠체어에 앉으신 아버님을 만났다. 며칠 새 더욱 야윈 모습이었다. 나는 아버님을 뵙자 눈물이 났다. 간병에 지칠 때마다 이제는 그만하고 싶다는 마음 때문에 이런 사고가 생긴 것만 같아 죄책감이 들었다. 집으로 돌아오는 길에 죄송하다는 말씀을 계속 드렸지만 퀭한 아버님의 눈은 봄꽃이 만발한 창밖만 응시하실 뿐 아무런 반응이 없으셨다.

아버님! 제가 잘못했어요. 어서 빨리 회복하세요!

간병인, 외아들

임신 중 설레는 마음으로 읽어가던 육아 서적이, 만삭이 되어 아버님을 모시게 되자 간병 관련 서적으로 전환되었다. 동병상련의 작가들에게 위로를 받고 그들의 경험도 알고 싶었기 때문이다. 내가 읽은 몇 권의 책에서 환자와 간병인의 관계는 부모와 아들도 있었지만, 대부분 딸, 손녀, 아내, 며느리 등 여성이었다.

과거 가부장제에서 노인을 간병하는 역할은 여성, 그중에서도 며느리의 몫이었다. 과거에는 노인이 된 부모가 아들 내외와 사는 게 당연하고, 딸과 사는 게 떳떳하지 못한 일이었다. 아들은 자신의 노후를 보장받고, 조상에게 제사를 지내기 위해 꼭 필요한 존재였다. 그러나 정작 부모가 병이 들었을 때, 간병 노동은 아들이 아닌 며느리의 몫이 된다. 남자들은 나가서 돈을 벌어 와야 하니 살림을 전담하는 며느리가 시부모를 간병하는 것이다. 요양 시설도 없던 그 시절, 어느 집 며느리가 치매나 중풍 같은 큰 병에 걸린 시부모를 여러 해 동안 돌보았다는 말은 흔한 이야기였다.

그러나 세태가 변하는 요즘, 효도 문화 역시 달라지고 있다. 유행어 중에 '효도는 셀프'라는 말이 있다. 결혼 후 행하는 효도도 각자의 부모님께 알아서 한다는 뜻이다. 시댁친가 대소사와 문제는 남편이, 친정처가 대소사와 문제는 아내가 직접 한다는 말로, 며느리가 아들 대신 시부모님께 효도하는 게 아니라, 아들이 직접 제 부모에게 효도하는 것이다. 그리고 요즘에는 노후에 딸과 함께 사는 경우도 많이 늘었고, 명절이나 가정의 대소사 때 양가에 공평하게 하는 것이 당연시되고 있다.

그러나 나는 셀프 효도가 합리적이라는 생각에는 동의하지만, 양가 대소사를 칼로 무 자르듯이 경계 짓는 것에 어려움을 느꼈다. 남편은 외아들이고 고향집에는 아버님이 혼자 계셨다. 명절에 차례를 지내고 우리 부부가 떠나면 고향집에 홀로 계실 아버님 생각에 친정에도 잘 가지 못했다. 친정에는 부모님이 함께 계시고 형제자매들과 친척들이 방문하니 외로우시지 않다는 이유에서다.

그러나 아버님의 간병을 시작하면서 이런 명절 불만 따위는 어린아이의 철없는 투정에 불과하다고 느꼈다. 부모님이 건강하실 때 명절에 찾아뵙고, 생신과 제사 등 행사를 챙기고, 용돈을 얼마나 드려야 하나 고민하는 것은 그저 가정의 단란한 일상일 뿐이다. 부모님이 편찮으시기 시작하면 가정의 일상은 급변하기 시작한다.

우리 가정은 나의 출산 휴가를 며칠 앞두고 아버님을 모셔왔다. 아버님의 주증상은 구토였고, 남편은 주로 아버님을 모시고 병원에 다니는 일을, 나는 식사와 청소 등 집안일을 챙겼다. 만삭의 몸으로 일을 병행하며 아침저녁 밥상을 차리는 일이 쉽지는 않았지만, 식사라도 제대로 하시면 걱정이 없을 것 같았다. 그러나 아버님의 구토는 여전했다. 여러 병원에 다녀도 병명이 나오지 않아 한의학으로 치료하기도 했지만, 잠시 괜찮았다가 이내 다시 나타났다.

남편이 아버님과 대화해 본 결과, 이상 증상이 시작된 건 우리에게 감추셨던 소송 건으로 과도한 스트레스와 불면을 겪으신 후부터였다. 남편이 나서서 그 문제를 해결하자 구토 증상이 눈에 띄게 호전되었다. 이후 아버님은 아들 집에 머물기를 원치 않으셨고, 요양병원도 마다하시며 고향집으로 돌아가겠다고 하셨다. 그러나 아버님은 고향집으로 돌아가지 못하셨다. 치매를 진단받으셨기 때문이다.

나는 출산 휴가 기간에 육아와 간병을 병행하다가 대상포진에 걸렸다. 아버님은 "그동안 너무 버티다가 병이 났구나. 나 때문에 네가 너무 애를 쓴다."라고 하시며 며느리를 다독이셨다. 나는 건강을 회복하기 위해 출산 휴가 후 계획보다 빨리 복직을 택했다. 복직하면서 아버님을 요양병원에 모시겠다고 했지만, 남편은 아버지 노후의 시간을 좀 더 함께 보내고 싶어 했다.

외아들이며 주변에 간병을 도와줄 친척이 없던 남편은 고민 끝에 가정 돌봄을 결정한 후, 직장을 그만두고 아버님의 간병인이 되었다. 남편은 나에게 며느리의 도리를 강요하지 않고 자신이 아버님을 돌보겠다고 했다. 비록 맞벌이에서 외벌이 가정이 되어 수입은 줄었지만, 나는 남편에게 셀프 효도할 수 있는 시간을 주고 싶었다. 모시고 싶어도 모실 수 없는 그날이 왔을 때 남편이 후회하지 않기를 바랐다.

우리 부부의 노력에도 불구하고 아버님은 점점 쇠약해지셨다. 구토 증상은 멈추었지만, 몸은 점점 말라 갔다. 넓은 어깨의 건장한 체격에서 근육이 사라지고 바람만 불어도 휘청이셨다. 인지 기능도 점차 저하되어 기억 대부분을 상실하였고, 하나뿐인 아들도 때때로 알아보지 못하셨다.

가장 어려웠던 증상은 언어가 사라진 것이다. 처음에는 발음이 어눌해도 대화에 문제가 없었는데 점차 타인의 말을 알아듣지 못하시고, 의미 있는 단어를 말씀하지 못하셨다. 치매의 다양한 증상 중 하나인 언어 손상이 가장 뚜렷이 나타났다. 센터와 집에서 언어 재활과 인지 활동을 꾸준히 하셨지만, 점점 아버님과의 의사소통이 불가능해졌다. 엉뚱한 말씀을 하셔도 좋으니, 아버님의 생각과 불편하신 점, 호불호 등을 알고 싶었다. 남편은 아버지가 어머니 돌아가신 후 십여 년 세월 동안 대화할 사람 없이 홀로 사셨기 때문이라며 괴로워했다.

식사를 준비하고 병원을 모시고 가는 등 단순한 일은 며느리인 내가 할 수 있었지만 간병은 오롯이 아들의 몫이었다. 불안정한 걸음걸이로 집 안을 배회하시거나, 화장실에 가느라 하룻밤에도 수차례 넘어지시는 아버님을 보호하기 위해 남편은 몇 년간 거실에서 쪽잠을 잤다. 사레에 잘 걸리셔서 밥과 약, 물을 드실 때마다 관찰하고, 화장실 뒤처리와 기저귀 착용을 도왔다. 대소변 실수가 잦아지며 하루에도 두세 번씩 이불 빨래도 했다. 옷을 입고 벗는 일, 목욕, 양치질, 손발톱 정리 같은 모든 활동이 아들의 손을 거쳐야만 가능했다. 말과 글을 모두 잊으셔서 큰 소리로 말을 해도 잘 알아듣지 못하고, 행동으로 보여드려도 따라 하지 못하셨다.

간병 가족들의 이야기를 들어보면, 간병 기간이 길어질수록 가족 간에 서로 미안해지는 것이 점점 는다고 한다. 3대가 함께 살지만, 가족 구성원이 4명에 불과한 작은 우리 가족도 서로에게 미안한 일뿐이었다.

인지 저하가 심해지시기 전 아버님은 자신의 병으로 아들 내외에게 폐를 끼치는 것을 미안해하셨다. 매일 고향집으로 내려가겠다고 기차표를 끊어 달라 애원하셨지만 혼자 생활이 불가능한 아버님을 홀로 고향집으로 보낼 수는 없었다. 그리고 치매 환자에게 익숙한 생활환경을 바꾸는 것이 좋지 않다는 걸 잘 알고 있었으나 직장 일과 육아를 병행하는 우리가 고향집으로 들어갈 수도 없었다.

남편은 누가 뭐래도 효자였다. 편찮으시기 전 매일 아침저녁으로 문안 전화를 드리고, 매주 온라인으로 식재료와 간식거리를 보내드리고, 달에 한 번씩 왕복 6시간 거리의 고향에 다녀왔다. 아버님이 편찮으시고는 직장까지 그만두고 간병에 매달렸다. 그러나 효심으로 시작한 간병 노동도 시간이 지날수록 힘들어졌다. 정상적인 사회 활동은 물론이고 잠깐의 외출조차 마음 편히 할 수 없는 상황에 우울해했고, 밤에 잠을 제대로 자지 못해 건강이 나빠졌다. 치매 이후 의사소통이 어렵고 완고해지신 아버님께 목소리를 높이는 일도 많아졌다. 그러고는 이내 돌아서서 용서를 빌고 나와 아이에게 미안해했다.

나 역시 아버님과 마주할 때마다 마음이 불편해 눈을 잘 맞추지 못했다. 상견례 때 아버님께서는 내 부모님께 "저는 딸이 없으니 하나뿐인 며느리를 딸이라 생각하고 잘해주겠습니다."라고 말씀하셨다. 건강하셨던 아버님과 나는 단둘이 외식도 하고 가까운 거리를 나들이할 만큼 친근했다. 남편이 어머님 성묘를 가면 아버님과 나는 고향집 거실에 앉아 대화를 나누거나, 커피를 마시며 옛 음악을 감상했다. 엘리베이터에서 만난 이웃들이 나를 보고 딸이냐고 물어볼 때면 아버님은 매우 기뻐하셨다. 그러나 간병을 시작하면서 며느리는 결코 딸이 될 수 없다는 사실을 실감하였다. 3년간 간병 가족으로 살면서 언제부턴가 나의 유일한 바람은 그저 남편, 아이와 단란한 가정생활을 하고 싶다는 생각뿐이었고 그런 생각만으로도 자책감을 느꼈다.

세 살 아기도 간병 가족의 일원이었다. 할아버지와 엄마가 코로나에 감염되어 아빠 혼자 할아버지를 간병할 때면, 아기는 혼자 부엌 구석에 숨는 훈련을 했다. 할아버지가 질식으로 비상 상황이었을 때, 아이는 낮잠에서 깨어 조용히 있었다. 낯설고 시끄러운 환경에 무서워 울 법도 한데 자신이 할 수 있는 최선을 다해 가족을 도왔다. 아빠는 할아버지와 함께 구급차를 타고 병원으로 떠났고, 엄마는 코로나 확진자로 자가 격리 중이라 아기는 혼자였다. 세 살 아기가 혼자서 집을 보고, 밥을 먹었다. 나는 문을 닫은 채 방 안에서 아기의 목소리에만 집중했다. 아버님이 퇴원하시자 아기가 물었다.

아기　할부지는 왜 자꾸 병원 가?

영맘　편찮으셔서 그래. 아파서 그래.

아기　할부지 아프니까 내가 도와줄 거야.

영맘　으응?

아기　지금은 작으니까 못하고 나중에 도와줄게. 나중에 크면 도와줄게.

영맘　…

아기의 어른스러운 말에 가슴이 먹먹해지고, 아버님께 죄송스러운 마음이 들었다.

사랑이란

건강하셨던 아버님은 어머님을 간병하실 때 병원에서 만난 사람들 이야기를 자주 해주셨다. 자식의 집으로 돌아가기 싫어 퇴원을 거부했던 할머니 환자, 보호자와 환자에게 항상 친절했던 대학병원 과장님, 왕년에 힘 좀 썼던 권력자의 말년 투병 생활, 유학까지 하고 출세한 아들이 어머니 장례식에도 오지 않은 일 등등 참 다양한 주제의 옛날이야기였다.

아버님은 병실의 보호자 간이침대에 앉아 병동 안 사람들의 모습을 관찰하시며 본인의 노후에 대해서 많이 생각하셨을 것이다. 그러고는 어머님이 돌아가신 후 외아들을 고생시키지 않겠다는 일념으로 본인의 노후를 열심히 준비하셨다. 아들 내외에게 언제나 다정하고 든든한 울타리가 되어 주셨다. 나는 언젠가 아버님이 편찮으시면 최선을 다해 보살피겠다고 다짐했었다.

치매를 진단받으신 후 인지 능력이 조금씩 나빠지셨지만, 그래도 오랜 노후 준비 과정에서 체득하신 좋은 생활 습관은 아버님의 투병 생활에 큰 도움이 되었다. 특히 아버님은 식사 습관이 바르셨다. 술과 담배는 젊은 시절부터 일체 입에도 대지 않으셨고, 아침 8시, 오후 1시, 오후 7시 정확한 시간에 규칙적으로 식사하셨다. 하루 세끼 이외에 간식은 커피 한 잔이었다. 겉절이와 상추쌈 등 신선한 채소를 즐겨 드시고, 육류와 생선도 좋아하셨으며, 국수와 라면 같은 분식도 잘 드셨다. 편식이 없는 절제된 식단이었다.

식사 후에는 바로 양치를 하셨는데 그 덕분인지 아버님은 치과 의사도 놀랄 만큼 양호한 치아를 유지하셨다. 아버님은 건강한 치아로 투병 중에도 고기와 생선, 섬유질의 채소 등을 편하게 드셨다.

이렇게 잘 드시는 것만으로도 감사한 일이지만, 솔직히 고백하건대 게으른 며느리는 아버님의 밥상을 삼시 세끼 정해진 시간에 차려내는 일이 너무 힘들었다. 늦잠 자고 싶은 일요일 아침, 밥상을 차리러 일찍 일어나 주방으로 나올 때는 두 눈과 두 발이 안 떨어졌다. 압력밥솥이 부글부글 밥물 끓는 소리를 낼 때면 내 마음의 짜증도 부글부글 끓어올랐다. 몇 년째 친정에 가지 못한 채 집과 직장만 오가고, 휴일에도 밥상만 차리는 내 신세가 문득 21세기를 사는 조선의 아낙네처럼 느껴졌다. 신세한탄을 가득 담은 아침 밥상을 들고 아버님 방문을 두드렸다.

영맘　예수님, 식사하세요.

아침잠이 부족해 정신이 몽롱해서인지, 빨리 밥상 차려드리고 주일 미사 가려던 조급함 때문인지, 나도 모르게 아버님을 '예수님'이라고 불렀다. 그런데 당황한 마음을 추스르고 방문을 연 순간, 나는 또 한 번 당황하고 말았다. 아버님이 안 계셨기 때문이다. 눈을 크게 뜨고 방 안을 살피니 아버님은 이불을 덮고 누워 계셨다. 야위신 몸이 두꺼운 이불에 가리어 그 존재가 보일 듯 말 듯 하였다. 나는 아버님 앞에 밥상을 놓고 식사하시는 모습을 본 후 방문을 닫았다.

아버님의 밥상을 차리며 나는 무슨 말을 하고 무슨 생각을 한 것인가? 부모의 밥상 차리는 것도 싫어하면서 성당 미사에 나가 사랑을 말하는 것이 무슨 소용이 있는가? 아버님께 효도하겠다던 오래전 다짐은 어디로 사라졌는가? 나중에 내가 늙고 병들어 자식이 내미는 짜증 섞인 밥상을 받을 때, 그 밥을 삼키는 마음이 어떠하겠는가?

효도하겠다던 초심을 잊고 밥상 차리는 일조차 귀찮아했던 나 자신이 부끄럽고 죄송하여 눈물이 흘러내렸다. 그날 이후 나는 기도하는 마음으로 밥상을 차리고, 드신 그릇을 깨끗이 설거지하였다.

요양병원에 처음 출근하던 날의 마음가짐도 생각해 보았다. 선배 한의사의 회진에 참관했던 때가 떠오른다. 선배는 치료 실력도 좋았지만, 명랑한 성격에 유쾌한 입담으로 환자들에게 인기가 아주 많았다. 환자분들은 늘 싱글벙글 웃는 얼굴로 선배를 기다리셨다. 침 뜸과 더불어 정서적 지지와 위로도 환자에게 유용한 치료제라는 걸 알았다.

나는 첫 진료를 시작하면서 '몸과 마음을 모두 살피는 한의사가 되자!'라는 초심을 세웠다. 그러고는 환자 한 분 한 분 정성을 다해 진료했다. 실력이 필요할 때는 책을 펴서 공부했고, 격려가 필요할 때는 환자의 손을 잡고 위로를 전했다. 그리고 이런 경험 부족한 초보 한의사의 진심을 알아주신 어르신들 덕분에 지금까지 요양병원에서 행복한 한의사로 살고 있다.

한 번씩 우울하고 일상이 지겹다고 느껴질 때는 일기를 쓰며 하루를 되돌아보았다. 초심을 잃은 내가 보였다. 초심을 잃으니 열정이 식고 교만한 마음이 들었다. 병으로 고통받는 환자의 마음을 헤아리기보다 내 마음의 무게에만 집중했다. 외로운 병원 생활에서 따뜻한 관심이 필요했던 어르신들께 의례적인 무심함으로 대하고 있었다. 어르신들은 그 차가운 손을 금방 알아채셨다. 환자를 진료하는 한의사로서도, 삶을 살아가는 한 인간으로서도 위기인 순간이다. 그 위기를 극복하는 방법은 초심을 다시 떠올리는 것이었다. 환자의 몸과 마음을 함께 살피는 한의사가 되고 싶다던 그 순수한 마음에 다시 가까이 다가서는 것이다. '네 이웃을 네 몸같이 사랑하라'라는 계명처럼 내가 노인 환자가 되었을 때 받고 싶은 진료 그대로 지금 환자분들께 행하는 것이었다.

내가 할 수 있는 사랑은 성자의 숭고한 사랑과는 한참 거리가 멀다. 그저 부모님을 보살피고 가족을 아끼며 직장에서 만나는 환자분들께 따뜻한 손길을 건네는 지극히 당연하고 평범한 사랑이다. 하지만 그 당연하고 평범한 사랑을 실천하는 일은 쉽지 않았다. 이기심과 인색함으로 마음이 약해질 때마다 가장 가까운 곳부터 작은 사랑을 나누는 사람이 되겠다고 다시 한번 다짐한다. 사랑이 무엇이냐고 물으신다면 '초심을 잃지 않고 역지사지하는 마음'이라고 대답하겠다.

고백성사

생사의 현장에서
타인의 고통을 바라보며
일기를 남기고 시를 쓰는 것은
저의 무례한 위선입니다.

젊고 건강한 입으로
늙고 아픈 날을 살아내는 이들에게
병에 대해 알은체 말하는 것은
저의 미숙한 교만입니다.

이밖에 알아내지 못한 죄도 모두 고백하오니
저의 잘못을 용서하여 주십시오.

너는 아직도 그들이 남으로 보이느냐
불공평한 세상에 유일한 평등은
누구나 나이 들고 언젠가 죽는다는 것
세월의 자락을 접어 보여준 너의 모습이다.

너는 아직도 그들이 환자로 보이느냐
교회에 앉아 보이지도 않는 신을 찾지 말고
병상에 힘없이 누운 진짜 예수를 알아보아라
너의 옆 가장 미소한 자가 바로 나다.

오오 하느님
오늘도 저의 어리석음을 깨우쳐 주심에 감사하나이다.
아멘.

간병의 고통

얼마 전, 스물둘의 청년이 뇌출혈로 쓰러진 아버지를 굶어 죽게 한 간병 살인 사건이 있었다. 그 청년은 존속살해 혐의로 구속되어 징역 4년 형을 선고받았다. 청년은 10년 전 어머니가 가출한 후 아버지와 단둘이 지냈다고 한다. 50대의 아버지가 갑자기 뇌졸중으로 쓰러지면서 평범했던 대학생의 일상은 병원비, 생활비, 간병 노동을 한꺼번에 감당해야 하는 극한 상황으로 내몰렸다. 돈이 없어 아버지의 병원 치료를 중단한 청년은 집에서 홀로 간병하면서 간간이 편의점 아르바이트를 하며 폐기되는 음식으로 끼니를 때웠다. 치료비로 인해 빚 독촉장이 날아들고 월세, 통신비, 전기료, 가스비가 연체되어 절망에 빠진 청년은 자포자기했다. 그러자 아들을 간병의 고통에서 놓아주고 싶었던 아버지는 자신이 죽을 때까지 방에 들어오지 말라고 당부했다. 청

년은 방문 밖에서 울면서 아버지가 죽어가는 것을 지켜보았고 돌아가시자 경찰에 자수했다.[21)]

가끔 언론에 보도되는 간병 살인을 통해 우리 사회의 무관심 속에 방치되는 환자와 간병 보호자의 고통을 돌아본다. 청년을 위한 각계의 탄원이 이어지고 국무총리도 보안 대책을 마련하겠다고 공론화했지만, 사실 우리나라는 가정 간병과 간병 살인에 대한 공식적인 국가 통계조차 없는 실정이다.

2018년 서울신문 탐사기획부는 2006년부터 2018년까지 법원 판결문과 보건복지부의 자살사건 전수조사, 중앙심리부검센터의 심리 부검을 심층 취재하여 간병 살인의 현황을 파악해 그들의 증언을 연재하고 단행본으로 발간했다. 그렇게 발간된《간병살인, 154인의 고백》[22)]에 따르면, 간병 살인의 가해자는 154명, 희생자는 213명이다.

간병해 본 사람이라면 이 책을 읽고 가해자를 비난하기보다 울분을 토하는 경험을 하게 될 것이다. 단순히 슬프다는 감정을 넘어 간병 가족의 고통과 고뇌에 공감하고, 그들의 절규에도 여전히 응답 없는 세상이 원망스러워진다. 부모나 자식, 배우자의 도리로 시작한 가족 간병은 끝이 없는 터널처럼 가족의 삶을 어둠 속에 가두고 절망적인 상태로 이끈다. 어느 날 갑자기 아픈 가족이 생기고, 간병에 매달리다가 경제적 압박과 가족이 붕괴할 것만 같을 때, 그들은 오랜 고통을 끝내기 위해 살인을 선택한다. 가해자 중에는 죄책감에 극단적 선택을 하는 경우도 많다.

가정 내 간병 살인을 예방하기 위해서는 보호자 개인의 희생에 기댈 게 아니라 반드시 사회적 지원이 있어야 한다. 325명의 가족 간병인을 대상으로 한 서울신문의 설문 조사에 따르면, 응답자들은 '가족 휴가 제도' 마련을 가장 절실히 원했다.[23] 간병 시간은 하루 평균 10시간 이상의 비율이 44.3%로 가장 높았는데, 이들은 일정 시간만이라도 도우미가 파견되거나, 단기 보호 시설에서 환자를 돌보아 간병인이 휴식을 취할 수 있게 지원받기를 바랐다. 이어 경제적 도움, 전문 요양 시설의 확대, 환자 가족의 지지와 상담 순으로 필요하다고 답했다.

치매 아버님을 돌보고 있는 우리 가정은 노인장기요양보험 혜택을 받았다. 2008년부터 시행된 노인장기요양보험은 65세 이상 치매, 뇌졸중, 파킨슨병 등 노인성 질환을 앓고 있는 사람을 대상으로 요양 시설이나 재가 기관을 통한 여러 가지 서비스를 제공한다. 국민건강보험공단에 장기요양 인정을 신청하고 방문 조사와 등급 판정을 받으면, 차등적으로 재가급여주야간보호센터,

방문목욕, 방문간호 등, 시설급여요양원 입소, 기타 복지 용구 급여 등을 받을 수 있다. 아버님도 그렇게 장기요양등급을 받아 가까운 주간보호센터에 다니며 동료 어르신들과 시간을 보내셨다. 우리에게도 큰 힘이 된 서비스였다.

나는 가정과 직장에서 노인 환자의 간병을 경험하면서 지금보다 간병 문제를 개선할 수 있는 좋은 방법이 없을까를 항상 고민한다. 국가 차원에서 간병 가족을 전수 조사해, 간병인의 요구를 반영한 실질적인 제도를 마련함과 더불어 간병 영역의 과학 기술 개발도 함께 지원해야 한다고 생각한다.

현재 간병은 가정, 요양 시설, 요양병원 모두 100% 인력에만 의지하고 있는 실정이다. 우선 요양병원에서의 간병은 거동이 어려운 여러 환자를 돌보는 고강도의 노동인데도 불구하고 요양보호사나 외국인 간병인이 도맡고 있다. 아무리 직업적 사명감이 있는 요양보호사라도 밤낮으로 일하다 보면 체력적, 정신적 한계에 부딪히고 갈등이 생기는 법이다. 게다가 고령 사회65세 인구가 총인구의 14% 이상가 되면서 늘어나는 노인 인구를 감당할 청년 인구수가 줄며, 간병 인력 또한 많이 모자랄 예정이다. 초고령 사회65세 이상 인구가 전체 인구의 20% 이상인 사회에 들어선 국가들이 노인 재정 부담, 간병 인력 부족, 노노간병노인이 노인을 간호한다, 간병 살인 등의 사회적 문제를 겪고, 간병 로봇 개발에 노력하고 있는 이유이다.

로봇 간병 분야는 세계 최고령 국가인 일본이 선도하고 있다. 환자를 이동시킬 수 있는 허리 착용형 로봇 수트, 다리 힘이 부족한 노인을 위한 보행 보조형 로봇, 욕조 목욕을 돕는 장비, 복약 정보를 입력해 시간에 맞춰 약을 주는 로봇, 생활 체조를 함께하거나 정서적 안정감을 주는 반려 로봇 등이 대표적인 예이다.[24] 이중 가장 절실하게 필요하다고 생각되는 로봇은 환자의 배변 처리를 돕는 장비이다. 간병에서 가장 힘든 일은 아무래도 환자의 대소변 처리다. 하루에도 몇 번씩 기저귀를 갈면서 배설물을 치우는 일은 간병인도 힘들지만, 환자에게도 고역스럽다. 가림막이 있으나 여러 명이 함께 생활하는 개방된 공간에서 대소변 처리는 민망함을 감출 수가 없다. 나는 종종 병실 회진 때 환자의 기저귀 케어를 마주치곤 한다.

할머니　선생님, 미안해.

영맘　뭐가요, 어르신?

할머니　냄새도 나고 더럽잖아.

영맘　똥 안 누는 사람이 어디 있나요? 그런 걱정 마세요.

할머니　나도 이렇게 오래 살 줄 몰랐어. 남이 똥 치워줄 때까지 살 줄 몰랐어.

이런 말씀을 들을 때면 마음이 무겁다. 노인이 되더라도 죽는 날까지 화장실은 내 다리로 가고 싶다. 배변 처리는 인간의 자존감과 관계가 깊다. 자유롭게 보행하면서 혼자 화장실에 갈 수 있다면 가장 좋겠지만, 그럴 수 없다면 누워서도 혼자 배변을 해결할 수 있는 장비가 보편화되어 개인들에게 지원되면 좋겠다.

내가 노인이 되는 미래에는 아마도 간병 로봇의 간병을 받게 될 것이다. 미래 사회에는 인간 노동력 대부분을 로봇이 대체할 것이고, 간병의 영역 또한 로봇이 주된 역할을 할 것으로 예상된다. 어쩌면 SF 영화처럼 인간의 모습을 쏙 빼닮은 AI 로봇에게 간병을 맡길지도 모르겠다. 그때는 의학이 발전하여 백 살을 넘어 백이십 살을 살 수도 있다는데, 우리가 백이십 살이 되면 자식들도 노인이 되어 있을 것이다. 어렵고 힘든 일은 간병 로봇이 대신하여 고령의 자식들이 고생할 일은 줄어들겠지만, 유토피아가 될지 디스토피아가 될지 알 수 없는 미래 AI시대에도 간병을 걱정하는 것은 나의 직업병이다.

가정 돌봄과 시설 돌봄, 계속되는 고민

종종 요양 시설에서의 노인을 향한 신체 학대, 언어폭력에 대한 고발 보도를 볼 때가 있다. 나는 요양병원에서 근무하기 때문에 이런 뉴스에 민감할 수밖에 없어 기사의 본문과 댓글들을 빠짐없이 읽는다. 댓글에는 돈에 눈이 멀어 노인을 돈벌이 수단으로 여긴다는 요양 시설에 대한 원색적인 비난부터 부모를 직접 모시지 않고 시설에 보낸다는 자식들을 향한 가슴을 후벼 내는 나무람까지 다양하다. 익명의 대중들은 그렇게 여과 없이 신랄한 비판을 쏟아낸다.

이름 없는 비극으로 방치되던 간병 살인도 사회적 관심을 받으며 많이 보도되고 있다. 뇌졸중 아버지를 굶어 죽게 내버려 둔 청년, 치매 어머니를 차에 태우고 함께 바다로 뛰어든 아들,

10년 넘게 간병하던 남편의 목을 졸라 죽인 아내, 어려운 형편에 장애가 있는 자녀를 양육하기 어려워 자식을 죽이고 극단적인 선택을 하려던 어머니… 나는 이러한 사건들을 접할 때마다 비통함을 느낀다. 살인은 결코 정당화될 수 없지만, 간병의 어려움을 겪은 이들에게 이런 사연은 남 일처럼 느껴지지 않는다.

가정에서 아픈 가족을 돌보는 큰 희생이 왜 이토록 끔찍한 결말로 끝나야만 하는가? 떨리는 눈빛으로 읽은 기사의 댓글은 가해자를 엄벌해야 한다는 분노와 욕설, 오죽하면 그랬겠냐는 동정론, 그렇게 간병이 힘들었으면 시설로 보내지 왜 집에서 돌보다가 극단적인 선택을 했느냐는 책망까지 다양했다. 그리고 이 모든 시끌벅적한 의견들을 숙연하게 만들었던 한 줄의 댓글이 기억에 남는다. "당신들이 치매 걸린 부모 직접 간병해 봤습니까? 경험이 없다면 쉽게 말하지 마세요. 나도 치매 걸린 엄마 모시면서 같이 죽어버릴까, 요양원에 보낼까 밤새 고민하던 날도 있지만, 엄마가 하늘나라 가시고 나니 그런 날들조차 그립습니다."

가정 돌봄은 어느 날 가족 내 환자가 생기면서 시작된다. 돌봄에 충분한 준비와 경험이 있는 분들도 있겠지만, 나를 비롯한 대부분은 갑자기 닥친 이 상황에 어찌할 바를 모를 것이다. 당황스럽고 막연하다. 시설 돌봄은 환자의 의사와 건강 상태, 가족들의 사정에 따라 결정된다. 또한 과거에는 가정 돌봄이 거의 절대적이었지만, 최근에는 시설 돌봄을 받고 임종은 병원에서 맞이하는 경우가 증가하고 있다.

나에게 가정 돌봄과 시설 돌봄에 대해 질문하는 지인들이 있다. 내가 요양병원에서 처음 근무할 때만 해도 또래의 지인들은 노인 돌봄을 먼 나라 낯선 이야기로만 여겼다. 그러나 나이가 들며 점점 노인 돌봄의 당사자가 되었다. 연세 드신 부모가 편찮아지시는 걸 보며 집과 시설 사이에서 갈등하게 된 것이다. 나 역시 오랜 기간 시설 돌봄의 종사자로 일했지만, 노인 환자를 가까이에서 돌보는 직업인의 입장과 편찮으신 부모를 책임져야 하는 자식의 입장은 달랐다. 막상 내 가족을 간병해야 하는 상황이 닥치자 언제, 어떤 선택을 하는 것이 최선일지를 고민하게 되었다. 그런데 정말 대다수가 생각하는 것처럼 부모를 병원에 모시는 것보다 가정에서 모시는 것이 효도인 걸까?

간혹, 요양병원을 두고 현대판 고려장이라고 폄훼하는 이들이 있다. 그러나 가정에서 중병의 부모님을 간병하다 보면 자연스럽게 시설 간병을 고려하게 된다. 보호자들은 부모님을 병원에 모시기 전, 충분히 가족들과 상의하고 가족의 상황에 맞는 최선을 선택해야 한다. 간병 시 여러 명의 자식이 간병 노동을 나누고 서로 의지한다면 가장 이상적이겠지만, 실제로 이런 일은 드물며, 오히려 간병의 과정에서 형제와 배우자 간에 갈등이 생기거나, 건강이 나빠지거나, 실직하는 등의 곤란을 겪는 경우가 많았다.

또한 요양기관에서의 노인 학대는 뉴스에 크게 보도되지만, 가정 내 노인 학대는 밖으로 드러나지 않는 게 보통이다. 부모가 학대당한 사실을 숨기기 때문이다. 실제로 2021년 37개 노인전문보호기관에 들어온 노인 학대 신고 중 가정 내 학대가 전체의 88%를 차지한다.[25] 또한 요양병원에 모시려면 병원비, 간병비 등이 필요한데, 건강보험에서 일부 지원을 받아도 보호자가 지불해야 하는 자기부담금 역시 만만치 않은 금액이다. 정해진 기한 없이 짧게는 수개월, 길게는 십여 년 동안 매달 정기적으로 병원비를 내야 하므로, 자식들은 큰 경제적 부담을 감당하면서 부모를 요양병원에 모신다.

사망이 임박한 환자라면 임종도 고려해야 한다. 과거에는 가정에서의 임종과 장례가 대다수였지만, 오늘날에는 병원에서 임종하고, 장례식장에서 장례를 치르는 게 보편적이다. 병원 임종은 환자의 병이 깊어 고통이 심할 때, 통증을 완화하는 처치를 받는 등의 케어가 가능하며, 임종 후 장례 절차가 간단한 편이다. 그러나 가정 임종을 준비한다면, 환자용 침대와 산소 호흡기 등의 의료 장비를 보유해야 할 수 있으며, 임종 후 절차가 다소 복잡하다.

시설 돌봄의 종사자인 나에게 친구들이 의아해하며 물었다. "너는 요양병원에 근무하면서 왜 집에서 시아버지를 모시니?" 그러면 나는 시설 돌봄의 전 단계라고 답한다.

가정 돌봄은 언젠가 병원에 모셔야 할 부모님께 노력을 다한다는 도의적 의미도 있지만, 사실 자녀에게도 꼭 필요한 경험이다. 나와 가장 닮았고, 나를 가장 사랑한 인간의 노후를 지켜보며 보살피는 과정은 인생을 성찰하는 소중한 시간이 된다. 또한 노환으로 고통받는 부모의 모습을 지키며 그 끝인 죽음을 조금 더 의연하게 받아들일 수 있게 된다. 간병 노동에 종사하는 타인의 수고에 감사하고, 노인 돌봄에 관한 사회적 문제에 적극적으로 귀를 기울일 줄 아는 사람이 된다.

언젠가 부모님이 보고 싶어도 볼 수 없는 그날이 오면, 좋았던 추억만이 아니라 함께 고생했던 간병의 시간도 그리움의 순간으로 남는다. 남편이 아버님의 시설 돌봄 전 최선을 다해 가정 돌봄을 하는 이유는 한편으로는 자신을 위한 결정일지도 모르겠다.

언젠가는 아버님을 요양병원에 모실 것이다. 한 가정의 가장인 남편이 언제까지 경제 활동을 포기하고 간병에 매달릴 수도 없고, 아버님의 병세도 집에서 돌보기 어려울 정도로 깊어지고 있기 때문이다. 그때까지 집에서 아버님을 돌보는 남편의 시간을 최대한 존중하고 싶다.

우리 가족은 한 자녀 가정이자 맞벌이 부부, 노인 단독 가구로 요즘 시대의 대표적인 유형의 가족이다. 우리 부부의 간병 경험은 같은 상황에 놓인 사람들에게 가족의 돌봄에 대해 깊이 생각해 볼 계기가 될 것이다. 각 가정의 상황에 따라 가정 돌봄 혹은 시설 돌봄을 선택하겠지만, 결국 가장 중요한 것은 마지막까지 부모를 잘 보살피며 한 인간으로서의 존엄을 지켜주겠다는 마음일 것이다.

우리나라는 2017년에 고령 사회에 진입해, 2026년에 초고령 사회에 도달할 것으로 예상된다. 앞으로 몇 년 후면 전체 국민 다섯 명 가운데 한 명은 노인이 된다. 노인 돌봄은 타인의 이야기가 아니라 우리의 이야기로, 모든 가정의 현실로, 사회 문제로 대두할 것이다. 이제는 가정 돌봄, 시설 돌봄의 담론을 넘어서서 국가 돌봄의 차원에서 해결해야 할 시점이 되었다. 미래의 우리를 보살핀다는 생각으로 노인 돌봄과 복지에 관심을 가지고 미리미리 계획하고 대책을 마련하길 당부한다.

불효자는 웁니다

아버님 간병에 지칠 때면 친정엄마에게 푸념하고는 한다. 그러나 26년간 시어머니를 모신 친정엄마는 시집살이 3년 차 딸의 징징거림에 눈도 깜박 안 하신다.

영맘 엄마! 아버님 모시는 일이 너무 힘들어.

엄마 아버님께 잘해드려라. 나중에 후회하지 말고.

영맘 엄마는 누구보다 내 처지를 이해하잖아요. 내 말 좀 들어줘.

엄마 힘든 거 다 알지. 그래도 하나뿐인 아들 내외가 아버지를 돌봐 드려야지. 돌아가신 할매를 생각해 봐. 시아버님을 할매처럼 여기고 보살펴 드려라.

엄마가 할매 얘기를 끼내시면 나는 말을 잇지 못한다. 20년 전 돌아가신 할매를 생각할 때마다 나는 꼭 그날의 일이 떠오른다.

주방에서 밥을 먹던 나에게 할매가 어떤 말씀내용은 잘 기억나지 않는다을 하셨는데, 나는 그 말이 잔소리처럼 들려서 아무런 대꾸도 하지 않았다. 할매가 두 번 세 번 크게 말씀하셔도 계속 투명 인간 취급하며 밥만 먹었다. 그러자 할매는 울상을 지으시며 "요즘 너 왜 내 말에 대답하지 않냐?"라고 속상해하셨다. 나는 할매의 첫 손주로 20년 넘게 한집에서 살면서 좋은 추억을 많이 쌓았다. 그런데도 유독 할매를 생각하면 그날의 장면이 제일 먼저 떠올라 자다가도 엉엉 운다. '내가 왜 그랬을까, 내가 왜 그랬을까. 그냥 "네!"라고 한마디만 할걸.' 철없는 행동이 두고두고 가슴에 사무치는 후회로 남았다.

나는 돌아가신 할매가 그리울 때면 함께 보던 TV 프로그램을 시청한다. 할매가 가장 애청한 프로그램은 〈가요무대〉였다. 음정과 박자가 다 틀리면서도 흘러간 옛노래를 한 곡 한 곡 즐겁게 따라 부르셨다. 베개를 베고 졸음에 겨운 눈으로 흥얼흥얼 따라 부르신 모습이 눈에 선하다. 어버이날이 있는 5월이면 〈가요무대〉는 꼭 '불효자는 웁니다'를 선곡한다. 그 노래를 들으면서 전국의 아들딸들은 돌아가신 부모님께 했던 크고 작은 불효를 떠올리며 눈물을 삼킬 것이다.

나는 요양병원에 근무하면서 자제분들의 눈물을 자주 본다. 환자분들은 병원에 입원하시는 날 보호자인 자식과 함께 병원에 오신다. 어린 시절 든든한 보호자가 되어 주셨던 부모님은 이제 늙고 병들어 자식들의 보호를 받으며 입원하신다. 아들딸의 마음은 안타깝고 슬프다. 부모님을 집 대신 병원에 모시는 것이 불효하는 것 같다며 눈물을 흘리시기도 한다.

그러나 핵가족이 보편화한 요즘 시대에, 집에서의 봉양을 효도로, 병원에서의 봉양을 불효로 여기는 건 옳지 않다. 건강한 어르신이 가정에서 가족들과 행복하게 생활하시면 가장 좋겠지만, 편찮으실 때부터는 상황이 급변한다. 배우자가 환자를 돌보면 배우자 역시 노인이라 간병으로 고생하다 병을 얻을 수 있다. 이렇게 되면 간병은 자식들의 몫이 된다. 그러나 그 역시 쉽지 않다. 형제자매 간, 배우자 간 불화를 겪게 되고, 보호자가 한 가정의 생계를 책임져야 하는 가장일 경우에는 경제적 어려움마저 더해진다.

나는 가족을 간병하다가 오히려 병을 얻어 입원하는 환자를 많이 보았다. 가족 간병은 엄청난 육체적 노동과 더불어 정신적 노동까지 요구된다. 가정에서 아버님 한 분을 간병하기 위해 우리 부부는 번갈아 휴직했다. 그런데 수입이 반으로 줄어 겪은 경제적 고통보다 정신적 고통이 더 참기 힘들었다. 일터에서 노인 환자를 진료하며 받는 스트레스는 드문데, 집에서 아버님을 돌볼 때는 자꾸 한숨과 눈물이 났다. 노인 환자를 돌볼 때는 감정에 휘둘리지 않고 나의 역할을 무리 없이 수행했지만, 아버님께는 효도하겠다는 마음에도 불구하고 스트레스를 받았다. 부모를 돌보는 일이 타인을 돌보는 일보다 더 어려웠다.

비슷한 상황의 동료들 역시 환자를 돌보는 직업인데도 부모 간병을 힘들어했다. 부모님의 병을 더 심각하게 받아들이는 것이 인지상정이지만, 실제 가족 간병이 보호자에게도 환자에게도 100% 최선이 아님을 알 수 있었다. 환자분들 또한 가족들에게 고생시키며 방 안에 누워 있는 것보다 요양병원에 온 게 더 마음이 편하다 하시기도 했다.

외부에 공개되지 않는 가정 내 학대를 당하는 어르신은 어떠한 삶을 살아갈까? 나는 한의대 재학 시절부터 7년간 지역 내 저소득층 노인을 위한 의료봉사를 했다. 그곳에서 가족과 함께 살지만 제대로 된 보살핌을 받지 못하고, 가난과 질병으로 고통받는 어르신을 많이 만났다. 그들은 늙고 병든 몸으로 생계를 걱정하거나, 자식을 힘겹게 뒷바라지하고 계셨다.

크리스마스이브 날, 동료들과 봉사 활동을 갔다. 어르신들은 눈에 잘 띄지도 않는 골목 곳곳에 살고 계셨다. 그날 방문한 어떤 독거노인의 집은 들어서자마자 찬바람이 얼굴을 때렸다. 햇볕이 내리쬐는 바깥이 오히려 그늘진 집 안보다 더 따뜻했다. 방 안에 있는 그릇에는 물이 꽁꽁 얼어 있었고, 어르신은 전기장판과 전기 주전자 하나에 몸을 의지하며 겨울을 나고 있었다. 연락이 끊긴 자식 때문에 기초생활수급비를 지원받지 못하고 계셨고2021년에야 수급자 가구 부양의무자 기준이 완화되었다[26], 돈이 없어서 파스 한 장으로 겨우 아픔을 달래고 계셨다. 가난하고 병든 노년의 참상을 마주하며 노인 의료와 복지를 위한 일을 하고 싶다고 결심했다. 언젠가 나 자신이 노인이 되는 미래에는 노인이 좀 더 행복한 세상을 만들고 싶었다.

이처럼 가정 돌봄이 여의찮거나 독거노인, 가정 내 노인 학대 등의 사회적 문제에 요양병원은 하나의 대안이 될 수 있다. 요양병원 단계에서 할 수 있는 노력은 국가와 의료계가 노인 환자의 편안한 병원 생활을 위해 지속적으로 의료 서비스를 개선하는 것이다.

매체에서 요양원이나 요양병원의 실태를 고발하는 뉴스를 보면 나도 분노와 공포심이 들 정도로 심각하다고 생각한다. 매일 요양병원에서 환자를 돌보는 일을 업으로 삼은 나도 이러한데, 요양병원에 와 본 적이 없는 사람들에게는 엄청난 충격일 것이다. 윤리 의식을 갖고 환자를 돌보는 동료들은 한 번씩 보도되는 이런 뉴스를 볼 때마다 허탈감이 느껴진다고 했다.

요양병원이 모든 수요자의 눈높이에 맞는 서비스를 제공할 수는 없더라도 최소한 환자와 보호자의 우려를 불식시킬 수 있는 개선이 필요하다고 본다. 더불어 국가적 차원의 정비를 통해 요양병원의 기능과 역할을 명확히 구분하고 요양 정책 전반의 공공성을 확대해야 할 것이다.

요양병원은 국가 건강보험 적용을 받는 의료기관으로 정기적인 관리와 감독을 받는다. 환자 수 대비 의료인, 간병인, 기타 인력의 수와 다양한 기준에 따른 진료 부문 등을 분기별로 평가받고, 1~5등급으로 차별화된 지원을 받는다. 그리고 2013년부터는 요양병원 인증제를 도입하여 역동적 추적조사, 시스템 추적조사 등의 조사 방법을 통해 환자 관리와 시설 관리, 직원 교육, 안전, 경영 등 병원 전반에 관한 평가와 관리를 받는다.

병원도 자체적으로 환자 인권과 생활을 개선하고 주변 요양병원과의 경쟁에서도 살아남기 위해 지속적인 투자를 하며 더 나은 환경을 만들기 위해 노력하고 있다. 또한 편안한 요양병원 생활을 위해서는 국가와 요양병원의 노력과 더불어 환자 개인의 노력도 요구된다. 학교생활, 직장 생활을 잘하기 위한 오리엔테이션처럼 슬기로운 요양병원 생활을 위해서도 사전 준비가 필요하다. 오랫동안 친숙한 거주지에서 살아오시던 어르신이 갑자기 낯선 환경에서 새롭게 적응을 시작하는 것은 어려운 일이기 때문이다.

우리 가족은 치매에 걸리신 아버님을 간병하고 있다. 자식에게 부담이 되지 않고자 운동, 식단 관리, 경제적 노후 준비까지 철저히 관리해온 아버님인데도 어느 날 갑자기 찾아온 치매에 180도 다른 삶을 살고 계신다. 이런 아버님을 위해 우리는 3년간 간병에 정성을 들이고 있고, 병원에 모셔야 할 것을 대비해 다양한 방법을 고민하고 준비하고 있다.

우리는 긴 기간 홀로 고향집에서 생활하신 아버님이 요양병원에서의 단체생활이 힘드실 것을 고려하여, 주간보호센터에서 여러 활동을 통해 타인과 교류하시도록 권했다. 가정 간병을 받으시는 내내 그렇게 사회 활동을 지속하셨다. 처음에는 거부하셨지만, 다행히 센터와 가족의 노력으로 잘 적응하셨다. 집 안에만 계셔서 무기력하고 치매로 점점 언어를 잃어가던 아버님께 센터의 친구 어르신들은 큰 위안이 되어 주셨다.

또한 손수 만든 음식 외에는 잘 안 드셨던 아버님을 위해 되도록 다양한 음식을 접하게 해 낯선 식생활에 대한 거부감을 줄이도록 했다. 요양병원 어르신들은 식단에 불만이 많으시고, 특히 음식 솜씨가 좋으셨던 분들은 식사에 적응이 어렵다. 같은 음식을 드시고도 어떤 분은 짜다, 어떤 분은 싱겁다 하신다. 그리고 섭식에 중요한 것이 치아 관리이다. 아버님의 경우 식후에 바로 양치하는 습관을 유지하셨고, 정기적으로 치과 검진을 받고 계셨다. 몇 개의 임플란트를 제외하고는 치아가 양호했다. 병원에서 만난 많은 어르신이 틀니를 하셨는데, 그마저도 입에 잘 맞지 않거나, 적응에 어려움을 겪으셨다. 치아가 없거나 저작이 불편하면 죽, 미음 등 유동식을 먹을 수밖에 없는데, 매 식사를 유동식만 먹으면 영양가가 낮아 몸에 기운도 없고 소화 기관의 기능도 약화한다.

관절 건강을 위한 운동도 필수다. 관절의 운동 범위가 비정상적으로 제한되는 '구축'과 압박된 피부가 괴사해 궤양이 되는 '욕창'은 노후의 침상을 가장 괴롭히는 질환이다. 아버님도 건강했던 과거처럼 고강도의 유산소 운동과 근력 운동을 할 수는 없지만, 구축과 욕창을 예방하기 위한 간단한 침상 운동을 수시로 알려드렸다. 인지가 약해져도 습관은 오래도록 남아 있으므로 맨손 운동이 습관화될 수 있도록 하였다.

가장 어려운 문제는 배변이다. 노인들은 보행이 줄어들면서

대장운동이 원활하지 못하고, 불편한 치아 때문에 섬유질의 음식을 드시기 어렵다. 다양한 질환으로 복용하는 약이 늘면서 변비가 유발되는 경우도 많다. 그래서 우리는 아버님께 가능하면 수분을 충분히 섭취하고 변비를 예방할 수 있는 식단을 드렸으며, 규칙적으로 배변하는 습관을 만들고, 배변 실수에 대비해 성인용 기저귀에 익숙해지도록 신경 썼다.

아기에게 살아가는 방법을 교육하는 것보다 치매를 앓는 노인에게 살아가는 방법을 잊지 않게 하는 게 더 어려웠다. 아버님을 집에서 모실 때도, 요양병원에서 모실 때도 우리 부부는 보호자로서 최선을 다할 것이다. 아버님은 시간을 잊으시더라도 우리 부부는 아버님과 함께한 시간을 기억하겠다. 효도하고 싶어도 할 수 없는 그날, 후회하지 않도록 말이다.

국가와 요양병원이 노인 환자들의 노후를 위해 노력하고 있으나 아직도 갈 길이 멀다는 것을 누구보다 잘 알고 있다. 내가 돌보는 환자부터, 편찮으신 나의 부모님부터 더 좋은 곳에서 편안한 여생을 보내실 수 있도록 힘을 보태겠다. 요양병원에 모시는 것이 노인 환자와 가족들 모두에게 최선의 선택이 될 수 있는 그날까지 종사자의 한 사람으로서, 환자 보호자의 한 사람으로서, 미래 노인의 한 사람으로서 노력하겠다.

1. 요양병원 인증제

요양병원 시설이나 홈페이지에서 이 마크를 보신 적이 있나요? 해당 병원은 의료기관평가인증원의 조사와 평가를 통과하여 인증받았다는 뜻입니다.

의료기관 인증제도란 의료기관이 환자의 안전과 의료의 질적 향상을 위해 노력할 수 있도록 유도하기 위한 제도로, 요양병원은 2013년부터 의무적으로 4년마다 평가와 인증을 받고 있습니다. 조사위원이 조사대상으로 환자를 선택하여 의무기록을 확인하며, 환자 입장에서 안전과 의료 서비스를 평가하는 역동적 추적조사와 의료기관의 지속적 질 향상, 의약품 관리, 인적자원관리, 감염관리, 시설 및 환경관리, 의료정보/의무기록 관리 6개 부분에 대한 시스템 추적조사 등이 이루어집니다.

자세한 내용은 의료기관평가인증원 홈페이지(https://www.koiha.or.kr)를 참고하세요.

출처: 의료기관평가인증원

2. 요양병원 등급제

요양병원 등급제란 요양병원의 의료 서비스 수준을 향상시키고, 의료 소비자에게 합리적인 병원 선택을 위한 정보를 제공하기 위해 시행하는 제도입니다. 의사 1인당 환자 수, 간호사 1인당 환자 수, 간호인력(간호사, 간호조무사) 1인당 환자 수 등 구조 부문과 환자의 질환 관리, 영양 상태, 건강상태 등의 진료 부문으로 종합화하여 분기별로 평가하고, 5개의 등급으로 나누어 그 결과를 공개합니다.

자세한 내용은 건강보험심사평가원 홈페이지(https://www.hira.or.kr)를 참고하세요.

출처: 건강보험심사평가원

에필로그

라뽀를 통한 노후 예습

라뽀Rapport는 '관계'라는 뜻의 프랑스어로, 의료인과 환자 사이의 관계와 신뢰 정도를 일컫습니다. 의료에 있어서 라뽀가 필수적인 이유는 의료진과 환자 간에 신뢰와 의사소통이 없다면 치료가 어렵기 때문입니다.

건강한 라뽀를 형성하는 것은 중요한 일이며, 요양병원에서는 더욱 그러합니다. 요양병원의 특성상 환자 대부분은 삶의 마지막 순간인 임종까지 의료진과 마주하게 됩니다. 외부의 병의원이라면 A 병원의 진료가 마음에 안 들 경우 B 병원으로 옮기면 그뿐이지만, 요양병원에서는 쉽지 않은 일입니다.

저 역시 요양병원에서 처음 환자를 대할 때, '멀지도 가깝지도 않은 적당한 거리'의 라뽀를 형성하기 위해 노력했습니다. 그러나 열 번의 춘하추동을 동고동락하다 보니 노인 환자들의 삶을 통해 제 인생과 노후에 관한 생각을 끊임없이 하게 되었고, 진료에 임할 때는 측은지심보다는 역지사지의 마음을 가지게 되었습니다.

어린 시절 저의 가장 큰 고민은 '수학'이었습니다. 그러나 학교를 졸업하면서 인생에는 수학보다 더 어려운 문제들이 많다는 사실을 알게 되었습니다. 수학은 학원에 다니며 예습이라도 할 수 있는데 인생은 예측 불가의 영역이라 예습도 할 수 없으며, 시험지에 잘못된 답을 써도 수정할 수 없다는 냉정한 현실이 두렵습니다. 그래도 젊고 건강하다면 인생의 시험 문제들을 풀어나갈 힘이 있지만 늙고 병들었을 때 우리는 가장 어려운 시험지인 '노후'에 직면하게 됩니다.

라뽀를 통해 생로병사生老病師들께서 젊은 저에게 넌지시 건네준 노후 생활의 답안, 그 모습이 100% 정답은 아니더라도 인간의 생명과 늙음, 병듦과 죽음에 대한 화두를 끊임없이 던져주기에 충분하였습니다. 생로병사生老病師와의 일상을 기록한 일기를 모아 가장 어려운 인생의 시험지, 노후를 대비하는 참고서로 활용하려고 합니다.

오늘도 저는 일터이자 배움터인 요양병원의 병실에서 인생의 선생님, 生老病師께 반갑게 인사드립니다.

"좋은 아침입니다. 간밤에 편히 주무셨지요?"

참고 문헌

1 백성호, 〈시신 350구 해부하니 삶이 보여 '의대 6년 차 이 남자가 간 곳'〉 중앙일보, 2021.01.01.

2 한국만화영화주제곡모음집, "영심이"

3 kosis국가통계포털, "기대수명"

4 Vasilis Kontis , James E Bennett , Colin D Mathers , Guangquan Li , KyleForeman , Majid Ezzati. Future life expectancy in 35 industrialized countries: projections with a Bayesian model ensemble.Lancet. Apr 1;389(10076):1323-1335.2017.

5 kosis 국가통계포털, "합계출산율"

6 원다연, 〈수백 조 투입에도 못 막은 인구 감소, 현금 지급 넘어 애 낳을 환경 만들어야〉, 이데일리, 2022.07.28.

7 네이버어학사전, "보호자"

8 통계청, 〈2021년 인구주택총조사 등록센서스 방식 결과〉

9 대한민국정책브리핑, 〈2021년 혼인/이혼 통계〉

10 Vasilis Kontis , James E Bennett , Colin D Mathers , Guangquan Li , KyleForeman , Majid Ezzati. Future life expectancy in 35 industrialized countries: projections with a Bayesian model ensemble.Lancet. Apr 1;389(10076):1323-1335.2017.

11 대한민국정책브리핑, 〈2020년 노인실태조사〉

12 보건복지부-한국생명존중희망재단, 《2021 자살예방백서》, 보건복지부, 2021.

13 Hyungchul Park,Il-Young Jang ,Hea yon Lee,Hee-Won Jung,Eunju Lee,Dae Hyun Kim,2019,Screening Value of Social Frailty and Its Association with Physical Frailty and Disability in Community-Dwelling Older Koreans: Aging Study of PyeongChang Rural Area, 16(16):2809. 2019.

14 EunsooChoi,Kyu-ManHan,JisoonChang,YounJungLee,KwanWooChoi,ChangsuHan,Byung-JooHam. Social participation and depressive symptoms in community-dwelling older adults: Emotional social support as a mediator, Journal of Psychiatric Research Volume 137:589-596. 2021.

15 김용, 〈효자 남편, 시누이, 요양병원… 중년 여성의 눈물〉, 코메디닷컴 [김용

의 헬스앤], 2022207.19.

16 전준범, 〈한국인의 기대 수명 늘었지만, 치매 공포도 커졌다〉, 조선비즈, 2022.03.24.

17 '하느님은 삼등', https://www.mariasarang.net/bbs/bbs_view.asp?index=bbs_brother4&no=714

18 신해철, "50년 후의 내 모습", 〈myself〉, 1992.01.01.

19 무한궤도, "우리 앞의 생이 끝나갈 때", 〈우리 앞의 생이 끝나갈 때〉, 1989.06.01.

20 네이버어학사전, "전쟁미망인".

21 곽근아, 〈간병 부담 아버지 살해 20대 항소심도 징역 4년〉, kbs뉴스, 2021.11.10.

22 유영규·임주형·이성원·신융아·이혜리, 《간병살인, 154인의 고백》, 루아크, 2019.

23 서울신문탐사기획부, 〈간병살인 154인의 고백〉 독박 간병, 살인 충동마저 부르는 악몽 - ② '끝없는 굴레' 다중 간병, 서울신문, 2018.09.04 7면.

24 정영효, "늙어가는 사회와 싸우는 日, 간병로봇에 국운을 걸었다", 한경닷컴.

25 기정훈, "코로나로 같이 오래 있다 보니… 배우자에 학대당하는 노인 증가", YTN, 2022.06.15.

26 대한민국 정부 블로그, "기초생활보장 생계급여 부양의무자 기준 폐지", 2021.